死神第3部門 II

明天

晨羽——著

目次

第一部

紫蓮

聽到來自耳邊的呼喚，紫蓮從恍惚中回神，對上一雙映著關心的眼眸，想起自己置身在何處。

這裡是死神第三部門的辦公室。

陰間組織的死神界，有三大部門，其中第三部門的死神全是人類。他們死去後，沒有選擇投胎轉世，而是成為死神，每天至陽間接走亡者的靈魂。

「紫蓮，妳是怎麼了？我叫妳好幾聲了。」

問話的死神叫翡翠，有一頭俐落短髮，給人幹練精明的形象，是紫蓮相當信賴的前輩。

「我在休息，不小心走神了。」紫蓮坐直身子，打起精神。

翡翠目光如炬，認真打量她，「妳今天是不是有黑單任務？」

「嗯，我有兩份黑單，最後一個黑單任務剛才結束了，兩小時後還有一個白單任務。」她不假思索回。

幾名女死神此時過來找翡翠去陽間聚餐，翡翠婉拒了她們，帶著紫蓮到一間環境清幽的麵館，那裡是翡翠的口袋名單之一。

「紫蓮，妳老實告訴我，妳是不是想起生前的事？」餐點一送上，翡翠嚴肅對她發話。

紫蓮嚇一跳，馬上否認：「當然沒有，妳怎麼會這麼想？」

「因為過去許多死神在執行黑單任務時，受到怨念極深的惡靈影響，想起生前的一切。剛才妳在座位上失神發呆的模樣，讓我想起上一個恢復記憶的死神，他在想起一切之前，也是像妳那樣忽然魂不守舍、心不在焉，所以我才擔心……幸好只是我多慮。」翡翠露出鬆口氣的笑容。

第三部門的死神，對生前的身分一無所知，僅擁有一份前世的記憶；當他們有天想起一切，幾乎都會放棄死神的身分，離開死神界。

紫蓮死去時，她的靈魂漂到了像是大海的無垠之地，她在那裡見到一名戴著貓面具、全身漆黑，一頭白髮的年輕男人。

「請問這裡是什麼地方？」她茫然問這名神祕男人。

「這裡是虛無之海。」男子輕柔悅耳的沉穩嗓音，撫平她惶惶不安的心，「有些像妳一樣，死後沒有死神迎接的靈魂，會來到這裡，我是負責迎接你們的人。」

男子給她兩個選擇，一是成為死神，二是前往審判界接受審判，最後她選擇前者。

對方給了她「紫蓮」這個名字，以及一條色澤美麗的紅線，她將那條紅線繫在手腕上，腦中驀地浮現一幕清晰的畫面，是一張懷孕的超音波照，這就是她的生前記憶。

得知自己生前可能有過孩子，紫蓮自然好奇，自己是在懷孕時死去，還是生下孩子之後才死去？倘若是後者，孩子如今在哪裡？是生是死？男孩還是女孩？孩子的父親又是什麼樣的人？然而思及知道一切的後果，她就不敢積極去尋找真相，只能抱著這塊記憶的碎片過下去。

翡翠比紫蓮早兩年來到死神第三部門，她教會紫蓮在這裡的規矩，對她十分照拂，是紫蓮的知心朋友，也是唯一知道紫蓮生前記憶的人。

得知翡翠心中的擔憂，紫蓮告訴她：「妳放心，我不是因為想起了什麼才這樣，是今天最後一個黑單任務，讓我感觸頗深。」

「什麼任務啊？」

「就是……有位母親開車載著年幼的孩子，逃離對他們家暴的丈夫身邊，途中發生車禍。車禍地點在人煙罕至的地方，那位母親當場死亡，擔心沒人發現她的孩子，遲遲不願離開，一度就要變成惡靈，我讓她等到孩子被送上救護車，再將她接走。」

「妳說什麼？那不是就超過任務指定的時間？」

「沒有，規定時間的最後一分鐘，那孩子順利被救走了，所以我……」

翡翠重重放下手裡的餐具，疾言厲色教訓：「紫蓮，我說過很多次，只要接到亡靈，就要馬上將他們送至昤門，一秒都不能耽擱。妳這樣冒險，對妳非常危險，妳沒在指定時間內接走亡靈，明天就會收到更多黑單，如此一來，妳恢復生前記憶的風險就越大，難道妳還不懂嗎？」

「我懂，我是一時糊塗，不會再這麼做了。」

紫蓮完全沒打算辯解，直接乖乖認錯，心想著果然不該老實說出來。

翡翠的目光繼續在她臉上打轉，敏銳猜出，「紫蓮，妳會對那個亡靈心軟，莫非是因為妳的生前記憶？」

發現瞞不過她，紫蓮只得承認，「沒錯，看到那位母親不惜一切想拯救孩子的模樣，我有些動容，不禁好奇如果我是那位母親，不知道會不會做出跟她一樣的事……」

「好了，別說了。」翡翠深深皺眉，「這種類型的任務多得是，妳極有可能會再次遇到。經過這幾年，我以為妳已經成長到足夠認清現實，沒想到妳至今還是會讓自己被動搖。若妳非要耿耿於懷，不如現在就把妳的紅線交給我，離開死神界！」

「妳別生氣了，我真的知道錯了。」

紫蓮勸她趕緊吃麵，以免湯涼，翡翠這才重新拿起餐具，嘆一口氣，「拿妳沒辦法，要是下次妳又接到這樣的任務，妳偷偷跟我交換，我幫妳處理。」

紫蓮萬萬沒想到她提出這種建議，大吃一驚，「這怎麼行？這樣不也是違規嗎？而且妳告訴過我，我們部門的死神曾經因為做出交換任務的行為，被死神部長重懲，下場非常慘烈。」

翡翠忽然眼神閃爍，小聲嘀咕，「是沒錯啦，可是現在又有人開始偷偷交換任務了。據說，只要我們沒有因為任務失敗，導致更多惡靈誕生，森末部長對我們的這種行為，好像會睜一隻眼閉一隻眼；另外還有一個關鍵原因，就是Maya，他離開第三部門後，有人打賭輸了，冒險跟別人交換任務，結果居然沒有受罰，於是越來越多人躍躍欲試。光是這半年，我就被多次要求交換任務，但我都沒答應。」

紫蓮非常訝異，不禁停下了用餐，「我完全不知道這件事。」

「妳當然不知道，妳跟Maya的事，讓大家對妳起了疑心，妳又不肯主動澄清，他們才會跟妳保持距離；而我沒告訴妳，是覺得讓妳知道這件事，對妳沒好處，而且妳向來守規矩，沒必要特別跟妳說。結果妳現在犯下這種失誤，我也只好這麼做了。看到妳現在還會為這種事動搖，我很擔心妳會出事，所以照我說的做吧。」

翡翠為她著想的心意，令紫蓮感動，同時也歉疚，「對不起，翡翠。」

「覺得對不起我，妳就老實招供，妳跟Maya的緋聞到底是不是真的？」

「當然不是，我跟妳澄清過好幾次，難道妳不相信我？」

「哈哈哈，我相信妳啦，我逗妳的，當作是給妳的小小教訓。」翡翠開懷大笑。

紫蓮暗暗鬆口氣，喝下一口香醇美味的湯，佯裝不經意地開口：「如果妳沒告訴我，我還真不知道大家私下都在做這種事，更沒想到大家真的那麼怕Maya。」

「當然怕，前輩們都說，Maya是森未部長派來監視我們的，當他回去第一部門，第三部門的秩序自然就開始亂了。話說回來，水言知道這件事嗎？她有沒有跟妳說什麼？」

紫蓮搖頭，輕描淡寫道：「我不清楚，我們最近沒怎麼遇到。」

水言是紫蓮負責帶領的後輩，個性坦率直白，與低調溫吞的紫蓮有如天壤之別，因此紫蓮不太擅長跟她相處。再加上兩人曾經在執行共同任務的過程中，想法產生嚴重分歧，此後關係就變得尷尬。但水言仍是尊重她這個前輩，不至於因為別人的閒言閒語，就對紫蓮產生偏見，只不過雙方始終維持相敬如賓的關係。

「那妳下次碰到水言，還是提醒她吧，要是大家做太過火，讓森未部長決定再次制裁第三部門，我們全會完蛋的。」

紫蓮頷首，注視碗裡清澈的湯頭，不久再問：「翡翠，妳真的覺得Maya回去第一部門了嗎？」

翡翠的眼神流露出一絲疑惑，「不然他會去哪？半年前他就突然不再出現，座位也消失了。有人說他被惡靈消滅，但幾乎沒人信，他以前可是第一部門的菁英死神，怎麼可能出事？所以我也跟多數人一樣，認為是森未部長決定把Maya召回去，也許他不會再出現了吧。」

「那妳相信……有死神在記得生前記憶的情況下，在死神第三部門待了十五年以上嗎？」

翡翠咳了一聲，瞪大雙眼，「不可能有吧？五年我都不敢相信了，更何況是十五年？據我所知，所有恢復生前記憶的死神，不是決定去審判界，就是選擇最壞的那條路，總之絕不會想繼續當死神。要是有妳說的這種待了十幾年的死神，那真的非常厲害。妳怎麼突然問這個？」

「沒什麼，純粹好奇。」紫蓮扯扯嘴角。

「唉，妳不要再想這些有的沒的了，快點打起精神，就算妳今天最後的任務是白單，還是不可太大意。」

翡翠放下筷子，握住她放在桌上的左手，語重心長叮嚀，「紫蓮，我真心把妳當姊妹，想永遠跟妳共事下去，所以妳答應我，不准再做出危險的事了，知道嗎？」

「好，我知道。」紫蓮溫順應允，目光落在翡翠握著她的那隻手時，也不禁多看自己手腕上的紅線幾眼。

* * *

回到死神第三部門辦公室，翡翠跟紫蓮發覺裡頭氣氛低迷，幾名女死神圍在一起，每個人都一臉落寞，神情哀傷。

她們上前探看，赫然發現第56號的辦公桌不見了。

翡翠驚愕問：「流風他怎麼了？」

代號55的女死神，哭哭啼啼回答她：「流風今天回來，說他再也無法做下去，把他的紅線交給我，離開死神界了。」

翡翠跟著其他人一起安慰她，紫蓮自知幫不上忙，默默回到座位，聽見站在附近的兩名男死神在談論流風的事。

「流風前輩為什麼決定不當死神了？難道他想起生前記憶？」

「不是，聽說流風愛上一個人類，每天都會去陽間找她。可是人類無法記得死神超過一天，就算流風天天出現在她面前，對方也永遠無法記住他，流風為此變得鬱鬱寡歡，越來越痛苦。想必是再也承受不住，才決定離開。」

「真的？連流風前輩這樣資深的死神，也會發生這種事？」

「會啊，還不止他一個，過去甚至有死神在絕望中，做出讓惡靈消滅自己的這種悲壯決定，所以流風選擇去審判界，算是好的結果了。你若不想有天也變得跟流風一樣，千萬別跟人類扯上關係。」

聽到這裡的紫蓮，這才動手翻開桌上的一份白卷宗，在白單的執行欄位上簽名後，她闔上卷宗，再度離開辦公室。

＊＊＊

走進位於深山的一間破敗民宅，紫蓮來到獨居於此的一名老人身邊。

老人骨瘦如柴，形容枯槁，混濁的眼珠渙散無光，躺在床上動也不動。老人飼養的一隻黑狗正待一旁，似乎知道紫蓮準備接走主人，不斷朝她的方向憤怒狂吠。

看到老人闔上眼睛，呼吸停止，紫蓮張口呼喚：「張泰偉先生，時辰已到，請隨我行。」

老人的靈魂隨著紫蓮的召喚脫離肉體，來到了她的面前，他慈眉善目，看起來是溫柔可親的長者。

「妳是死神嗎？」

「是的。」

「妳的聲音真悅耳，長得也漂亮，讓我想起我母親年輕時的樣子。」老人露出懷念的微笑，看著身邊的黑狗，向她請求：「死神小姐，能否讓我帶牠一起走？牠只肯跟著我，我不在了，牠一定會餓死在這裡，那我寧可讓牠跟我離開。」

「很遺憾，我只能接走您一人，時間到了，請進昤門吧。」紫蓮無動於衷。

「什麼是昤門？」

「眼前您所看到的門，皆是通往陰間的入口，我們稱之昤門。您一進入昤門，會有陰間其他部門的使者迎接您。」她耐心說明。

老人眼角含淚，依依不捨與心愛的狗兒道別，在紫蓮的監督下，老人踏出房間的門，審判界的使者已在另一端等候，順利將他接走。

任務結束，紫蓮站在原地，望向掛在老人房間牆上的幾套衣服，那些全是女性的衣物。

衣物的原主人，都在多年前慘遭老人殺害。

老人年輕時，犯下數起性侵殺人罪，受害者全是容貌姣好的女性，他將她們遇害時所穿的衣物帶走，隱世在深山之中，後半生過得安穩順遂，沒有遭到制裁，還能無病無痛地安詳離世。

所謂的惡有惡報，紫蓮在他的身上完全看不到。就算他會在審判界得到相應的懲罰，她也不知道這種「遲來的正義」，對永遠無法知曉真相的被害者家屬而言，是否還有意義？

曾經紫蓮無法釋懷，內心充滿憤怒與不平，然而成為死神的這些年，紫蓮已經從無數次的打擊中清楚明白一件事——太在乎人類的死神，都不會有好下場。

既然選擇成為死神，她就得認清自己的身分，不去看那些不公不義，不讓自己深陷其中。經過這五年的磨練，她以為自己做到了，但前一個黑單任務，讓她發現自己的心中仍有一絲迷惘，直到這次又有一名死神決定離去，她才真正清醒過來。現在的她，沒有餘力考慮其他的事，想辦法讓自己在死神第三部門生存下去，才是最重要的。

認清這點後，她決定往後不再為這些事動搖。

◆◆◆

半年後。

紫蓮在火車車廂內，接走一名因為急性心肌梗塞當場猝逝的中年婦人，婦人的遺體被醫護人員抬出車外時，紫蓮也順利將她的靈魂送進聆門。

紫蓮要回去死神第三部門時，發現翡翠出現在對面的月台，正高興地要開口喚她，卻看見翡翠走到一名年輕男子身後，用繫著紅線的左手，矇住了男子的眼睛。

這一幕讓紫蓮如墜冰窟。

對面月台的火車一進站，那名男子猛然伸手撥開眼前的人群，跳到鐵軌上，當場被疾駛的火車輾過，四周掀起大批乘客的尖叫聲。

翡翠離開車站，紫蓮立即追上，最後在一間大學校門前擋住她的去路。

「翡翠！」紫蓮一臉驚恐，不可置信，「妳、妳剛剛在火車月台，殺了人？」

「妳看到了？」翡翠神態平靜，唇角浮現出一抹陰冷笑意，「對，我殺掉那個人。」

「翡翠，妳怎麼了？妳怎麼會這樣？妳知道做出這種事的後果嗎？」紫蓮因恐懼而發抖，失聲叫出來。

「我當然知道，可是我不在乎。」翡翠眼眸空洞無光，猶如一潭死水，「紫蓮，我想起我的生前記憶了。我告訴過妳我的生前記憶是一枚木頭戒指，對吧？我已經知道那是從何而來的了。」

紫蓮心中震驚，不敢相信自己的耳朵。

「那枚戒指是我交往十年的男友親手為我製作的，我們結婚前一天，一對十四歲的雙胞胎兄弟，無照駕駛撞死了為母親籌備醫藥費，工作到半夜的他。事後他們既無悔意，也沒有受罰，而他們的父母有錢有勢，卻連一句道歉也給不起。我男友的母親承受不住打擊，在兒子的葬禮後就病逝；那時還不是我婆婆的她，就送了我一條翡翠項鍊，要給我當嫁妝，她不介意我是孤兒，還把我當親生女兒般疼愛。全世界最愛我的兩人就這麼悲慘的離世，我走不出傷痛，最後隨他們而去。」

翡翠陰鬱的視線穿過紫蓮的眼睛，落在沒有盡頭的遠方，「當我想起這一切，就去找那對雙胞胎兄弟，那個男的就是其中之一。如我所料，在那種父母的庇護下，長大成人的他們依舊沒有學到教訓，去年還因為酒駕，又害得另外兩個家庭破碎，而且居然可以再次逃過一劫，人間根本沒有天理可言。我很肯定這對兄弟永遠不會反省，若讓他們繼續活著，只會有更多人經歷跟我一樣的傷痛，我不能眼睜睜看著這種事發生。」

翡翠的臉龐滑下兩行淚水，讓紫蓮跟著潸然淚下，「翡翠，我知道妳很痛苦，可是妳一再告訴我，既然決定成為死神，就必須拋棄過去，更不能干涉人類的命運。妳也說過，妳真心把我當姊妹，想和我一直留在死神第三部門，難道妳都忘了嗎？」

「對不起，紫蓮，是我太天真，以為只要跟人類保持距離，就不會害到自己。要是沒有想起一切的話，我相信這個願望會成真，可惜……終究還是想起來了。一旦知道自己是為何而死，我就怎麼也無法放下對他們的怨恨，更重要的是，如果這對兄弟就這麼安然度過一生，我是無法接受的。因此，我要他們現在就在我的眼前受到懲罰。如果沒有成為死神，就不會有制裁他們的機會，所以我現在非常高興。」

隨著翡翠憤恨的視線，紫蓮看見男子的另一個雙胞胎兄弟，正笑容滿面地摟著一名女子走出校門。

紫蓮馬上擋住翡翠，苦苦哀求，「翡翠，千萬不行，拜託妳不要一錯再錯！」

「為什麼不行？如果死神無法帶走他們，我就親手送他們去審判界，我只有現在才可以為我家人報仇，妳若妨礙我，連妳也不放過！」

被恨意吞噬身心的翡翠，已經聽不進任何勸告，當場舉起綁著紅線的手，不顧一切朝紫蓮發動攻擊。

紫蓮為了防衛，馬上用靈能反擊，兩人的靈能所造成的巨大衝擊，讓翡翠手上的紅線直接斷裂，一團巨大黑霧將她層層包圍。

失去紅線的人類死神，就不再是死神，只是一般的亡靈。

翡翠身上湧現的黑霧，表示她正在化身成惡靈，突然生成的力量影響到了陽世，四周路燈開始不自然閃爍，同時掀起一道狂風，停在校門口的一整排腳踏車震震發響，瞬間全被高高吹起，砸落到馬路上。雙胞胎之一連忙帶著女子逃離混亂的現場，迅速不見人影。

看到翡翠變成了惡靈，紫蓮徹底心碎，為了避免災難擴大，她清楚自己必須即刻消滅翡翠，卻只能死死抓住手裡的紅線，無法真的動手。

當翡翠再度朝她發動攻擊，紫蓮的眼前乍然出現一束銀光，下一秒，翡翠就在那道光芒中灰飛煙滅，不留一點痕跡，彷彿從來不存在。

一名身著黑西裝的高眺男子，出現在翡翠消失的地方。

男人高冷俊美，留著及腰的烏黑長髮，還有一雙讓人不敢直迎、淡漠的灰色眼眸。只是靜靜站在那兒，就讓紫蓮被前所未有的巨大恐懼籠罩。

即使未曾見過，男人領部繫的金色領帶，以及造型別緻的銀色領帶夾，仍讓紫蓮一眼認出，此人便是死神第一部門的部長，死神界的最高領導者——森未。

親眼見到森未部長，紫蓮腦袋空白，緊接著，她的頭傳來一陣劇痛，無數畫面同時排山倒海地湧進紫蓮的意識，她抱頭驚叫一聲，木然癱軟在地。

「這是妳沒能阻止她的懲罰。」森未居高臨下冷冷看她，「去審判界，還是走上跟她一樣的路，自己選擇。」

落下這句話，男人就如一陣風，消失在紫蓮眼前。

郭禾隆萬分後悔把手機遺忘在學校廁所的洗手台。

如此一來，他就不會為了拿手機折回學校，也不會遇上那個人，還被拽去那令他渾身不舒服的地方。

郭禾隆小學六年級時，跟著調職的父母搬去另一個城市，去年回到台北，考進鄰近山區的這間大學，不幸與從前霸凌過他的余坤重逢，兩人還是同班同學。

郭禾隆原本就不愛跟別人打交道，加上余坤到處散播他的「可怕過往」，因此郭禾隆沒什麼朋友，但個性與小時候一樣蠻橫惡劣的余坤，沒有就此放過他，依舊持續找他的麻煩。

像是今天。

兩人在學校廁所門口遇到，郭禾隆就被余坤及他的三名友人強行拉進一台車，一群人來到某棟荒涼陰森的老舊空屋。

郭禾隆一見那棟屋子，當場臉色大變，余坤看出他想逃，牢牢抓住他的肩膀，嬉皮笑臉說：「郭禾隆，這間屋子幾年前發生過滅門慘案，不少人親眼撞見兩名屋主的鬼魂出現在這裡，既然你看得到『那些東西』，還能跟『他們』對話，就幫我們見證一下，確定是不是真的有鬼在這裡面？」

「我怎麼可能有辦法跟他們對話？」郭禾隆強作鎮定，絞盡腦汁思考怎樣才能擺脫他們。

余坤更加得意洋洋，「所以你確實看得到他們嘍？太好了，你現在就帶我們進去，告訴我們那些鬼在哪裡？長什麼樣子？」

「就當我真的看得見，也確實有鬼在這裡吧。」對上余坤愣住的目光，郭禾隆繃著聲音提醒：「別再接近這棟屋子，否則之後發生什麼事，別怪我沒警告你們。」

「幹，你敢嚇唬我們！」余坤重重把他推到地上，面目猙獰，「廢話少說，快點帶我們進去，不然等等有你好看！」

在余坤的逼迫下，郭禾隆只好打開沒有上鎖的大門，率先進去。

確定一樓無詭異之處，他們爬上二樓。外頭天色逐漸暗下，室內視線不佳，他們打開手機的手電筒，發現其中一間臥室的門上了鎖，余坤硬是破壞門鎖。五人一踏進去，先是聞到一股刺鼻味道，緊接著就撞見讓他們全身血液逆流的畫面。

臥室裡的一張雙人床上，躺著一個人，除了郭禾隆，其他人全嚇得退出房門外，遠遠地觀察。

「靠，有人躺在裡面，而且有燒炭味，我們撞見自殺現場了嗎？」

「是女生，她身上的制服，跟我妹的高中制服是一樣的。」

「不、不要吵。郭禾隆，你快去看看她是不是死了？」余坤緊張到結巴，用力把郭禾隆往房裡推進去。

郭禾隆硬著頭皮邁步，小心翼翼來到床邊查看。

那是一名短髮少女，她穿著整齊的白襯衫跟黑裙子，看起來確實是高中生。床邊地板上擺著一個紫色背包和火盆，火盆裡的木炭，證實少女不久前在這裡輕生。

但是，不知道為什麼，少女的臉上戴著一副青色的貓面具，讓人看了不寒而慄。

郭禾隆仔細確認少女的生命跡象，最後說：「她已經死了。」

余坤等人聞言，這才慢慢靠近，他們凝神觀察少女，又你一言我一語討論起來。

「嚇死人了，沒想到會遇上這種事情，現在該怎麼辦？」

「這女生真猛，居然跑來這種地方自殺，太有勇氣了！」

「但是她幹麼戴著那副貓面具啊？感覺超毛，莫非面具下有什麼可怕的東西？比如她被毀容，或是少了一顆眼珠子？」

余坤聽著同夥們天馬行空的臆測，對郭禾隆說：「你！去把她的面具摘下來。」

「不行！」郭禾隆臉色鐵青，「我不是在開玩笑，千萬不能動她，這個女生有問題，你們招惹到她，後果恐怕比遇見鬼還慘。」

「聽你放屁，人都死了，她還能怎麼樣？難不成變成殭屍向我們索命？而且你有什麼好怕的？你對惡名昭彰的強姦殺人犯都會獻花哀悼了，還會顧忌這個嗎？」

郭禾隆一震，惡狠狠瞪他一眼。

「你瞪什麼？找死嗎？不想被我們關在這裡，就快點給我摘面具！」余坤大吼。

在這裡跟他們起衝突無濟於事，郭禾隆只能壓下怒火跟恐懼，動手摘下少女的貓面具。

面具下沒有駭人的畫面，只有一張標緻美麗的面孔。

少女睫毛細長，鼻子挺立，右眼角有一顆淚痣，闔眼的模樣恬靜安詳，彷彿只是睡著了，讓他們十分訝異。

「哇，我還以為會是什麼怪物，居然是個正妹。」

「正妹又怎樣？屍體你也有興趣？」

「余坤，地上的背包是這女生的吧？要不要打開搜搜？裡頭應該有可以知道她身分的東西。」

「說得對，我也想知道她是誰。」余坤贊同友人的提議，這個任務理所當然又落到郭禾隆的肩上。

已經放棄抵抗的郭禾隆，萬念俱灰拉開少女的背包拉鍊，透過手電筒的光開始翻找，很快就發現一個皮夾。他正要取出來，耳邊卻傳來余坤他們的驚叫，他一抬頭，發現他們已經奪門而出，不見蹤影。

郭禾隆全身寒毛豎起，慢慢回頭往床上望，發現已經死去的少女，竟直挺挺坐在床上看著他，他當場大叫，重重跌坐在地。

「哈哈哈，對不起，嚇壞你了。」少女掩嘴笑個不停，語氣充滿同情，「你真可憐，被他們逼著做這些事，心裡應該很害怕吧？」

郭禾隆驚魂未定，定睛打量少女，「妳沒死？」

「你看不出來嗎？」

「可是妳剛才沒有心跳！」

「對呀，『剛才』是沒有。我一醒來，就發現你們在我旁邊，吵著要摘下我的面具，還想搜我的包包，我不想讓你們知道我的身分，本來要把你們通通趕走，但我有話想問你，所以先嚇跑他們。」

見郭禾隆僵坐不動，少女向他靠近，直接抓起他的手，讓他的手掌貼在自己的臉上，「我真的是活人啦，有感覺到體溫嗎？」

郭禾隆驚恐抽回手，手心殘留的餘溫，讓他面露呆滯，漸漸穩住心神。

「妳要……問我什麼？」

「我對你剛才說的話很好奇，為什麼你會告訴他們，我有問題？是為了勸退他們才故意這麼說，還是你真的有從我身上感覺到什麼？」

郭禾隆遲疑，「妳為什麼想知道？」

「你先回答我。」

對方的命令他不敢違逆，只好老實回答她。

「難道你從外頭就感覺到這間屋子不乾淨？你有靈異體質？」少女追問。

「算是吧。」他沒有直視少女，「……但並不是不乾淨的問題，我其實沒有在這間屋子裡感覺到鬼魂的存在，而是察覺到另一種氣息。我一看到妳，就知道那股氣息源自於妳，所以我確定妳不是人，也不是鬼，而是……」

見他打住了話，少女問下去：「是什麼？」

「我不知道，總之，很抱歉冒犯到妳，我發誓不會把今天的事說出去，所以請妳放過我，讓我離開這裡。」郭禾隆堅持不再多言，低聲懇求。

「你叫什麼名字？」見郭禾隆不吭聲，少女說：「你不告訴我，我就拒絕你的請求。」

一陣天人交戰，他咬牙招供，「郭禾隆。」

「郭先生，你現在還有從我身上感覺到你說那種氣息嗎？」

經少女這麼問，郭禾隆這才後知後覺地發現，那股令他避之唯恐不及的強烈氣息，不知何時消失了，取而代之的是一股甜甜的香氣。

他有些驚訝，搖搖頭，「沒有了。」

「那就好。」少女唇角勾起，彎身撿起郭禾隆掉在地上的手機，交還給他，再從自己的紫色背包裡拿出一支手機，俐落地動手操作，「把你電話號碼給我，你就可以離開了。」

郭禾隆的心涼了半截。

為了保命，他還是乖乖照做，最後也安然無事離開了那棟屋子，但他沒有一絲一毫的喜悅，因為他不確定這是噩夢的結束，還是開始。

❁ ❁ ❁

丟下郭禾隆落跑的余坤等人，隔天見他好端端出現在教室裡，不敢馬上去找他，直到上完課，才把郭禾隆叫出去，向他探問「後來」的事。

「你們離開後，我報了警，告訴他們有女高中生在那棟屋子自殺，然後就跑走了。」郭禾隆不慌不忙地說謊。

余坤一臉狐疑，「就這樣？那個女的沒對你做什麼事？她不是……從床上爬起來了嗎？」

「你在說什麼？她一直躺在那裡不動。」

他們臉色發白，余坤竭力忍住情緒，「郭禾隆，你不要裝神弄鬼，給我說實話！」

「我真的沒看見她有起來，我以為你們是故意嚇我才突然跑走，難道不是這樣？你們真的看見她從床上起來了？」

他們的表情越來越難看，余坤最後放棄爭辯，話鋒一轉：「那個女高中生是誰？」

「我不知道，你們一走，我也沒再搜她的包包，直接離開了。」郭禾隆聳聳肩，「警方問我為何要去那間屋子，我說是不小心誤闖進去的，但他們似乎不太信，而且可能會把我列為殺害那位女高中生的嫌疑犯；我是不介意接受調查，但若你們不想跟我一樣遭到懷疑，最好別再跟我扯上關係。」

這種恫嚇方法果然奏效，他們再也不敢招惹郭禾隆，余坤甚至停止在網路上毀謗他的行徑，對郭禾隆來說，算是因禍得福。

＊＊＊

傍晚郭禾隆回到租屋處，在樓梯間遇到住在隔壁的女鄰居。

女子頭上綁著凌亂的馬尾，一身紅色T恤跟黑色真理褲，腳踩白色夾腳拖，手中拎著超商便當和手搖飲料，看得出是剛去買了晚餐回來。

她開口向郭禾隆打招呼，郭禾隆對她點個頭，開門走進家裡。

這棟大樓的隔音極差，洗完澡走出浴室，郭禾隆就清楚聽見從那名女子家傳來的咆哮聲。

「看妳這身打扮，邋不邋遢？長那麼胖，也敢穿這樣到處晃，到底知不知道羞恥？」

「到現在還不去找工作，成天窩在家裡。妳兩個妹妹都比妳爭氣，別人問我妳在做什麼，我都不敢承認有妳這個女兒！」

「努力把孩子養大，卻養出一個廢物。既然妳什麼也不會，不如去當妓女，或是直接去死一死！」

郭禾隆住在這裡一年多，每週都會聽見一次這樣的叫罵聲。

聽到最後，他也大致了解那名女子的情況。女子今年三十歲，兩年前被公司資遣，至今還沒找到工作，每天把自己關在這間租屋處；她的母親每個禮拜都會跑來用各種難聽的字眼羞辱她，但女子從不會對母親回嘴。

隔天在樓梯間再度遇見女子，她依舊跟郭禾隆親切打招呼，而他一樣默默點頭，兩人沒有更多交集。

過了一週，郭禾隆在大雨中撐傘回家，看見一名繫著紅領帶，一身黑西裝的男子站在大樓外。

郭禾隆心臟急遽加快，立刻壓低了頭，快步走進大樓，避免與黑衣人有視線接觸的機會，連呼吸都不敢。

十五分鐘後，他心神不寧坐在書桌前，聽見屋外傳來騷動。

沒多久，他的房東打電話來，口氣急促地問：「郭同學，你在家嗎？」

「對，我在睡覺，請問有什麼事？」他說了謊。

「我剛接到通知，住在你隔壁的女人，好像跳樓了。我還在上班，晚點會過去看看，先知會你一聲。」

結束通話後，郭禾隆繼續僵坐不動，四肢冰冷。

想起女子平時對他露出的親切笑顏，他眼角抽動，最後將臉埋入手心。

隔天出門時，郭禾隆來到女子的家門口，將一朵手摺的白色紙蓮花，輕輕放在門前的地板上。

他注視那朵花整整一分鐘，才轉身離去。

❁❁❁

一週後，郭禾隆在學校的圖書館看書，發現設成靜音的手機有人來電，是沒看過的號碼。他暫時不予理會，隔了一分鐘後卻發現對方還在打，覺得奇怪，決定到洗手間接聽。

「喂？郭禾隆！」另一端傳來清亮的女嗓。

「妳哪位？」

「上次你在鬼屋裡見到的那位，這麼快就忘記我的聲音了？」對方發出笑聲。

郭禾隆嘴巴張開，因驚駭而發不出聲。

「你現在有空嗎？我想請你幫我一個忙。」

「什、什麼忙？」

「見面再說，我等你來。」對方說出一個位置，就切掉通話。

經常見面的女鄰居自殺所帶來的衝擊，讓郭禾隆不小心忘了那名少女的事，而他沒想到對方真的會打給他。

儘管萬般不願，郭禾隆卻更不敢放少女鴿子，只好認命前去赴約。

半小時後，他走進一座大型親子公園，在入口處四處張望，很快發現一名背著紫色後背包，穿著白襯衫黑裙子的少女。

她騎著公共自行車，在寬闊的空地不停繞圈圈。徐徐微風吹起她的髮絲和裙擺，讓她看上去悠哉又愜意。

少女發現郭禾隆，直接騎到他的眼前，燦然一笑，「你終於來了！」

在餘暉的照耀下，郭禾隆這才看清少女立體的五官，以及她眼底的笑意。

少女左眼的瞳色，比右眼還要淺，身上又出現那股像是糖果的甜甜香氣。

她是個十分美麗的女孩，卻也讓郭禾隆覺得更加危險，他的心中除了畏懼，無法對她產生其他想法。

「您要我幫什麼忙？」他強作鎮定。

「哈哈哈，你幹麼對我用敬語？直接說『妳』就好了。跟我來吧！」少女大笑完，就到公園外的自行車租賃站歸還單車，拉他去搭捷運。

兩人最後來到一間位於鬧區，販售各種造型飾品的專賣店。

走到面具區，少女指著陳列架上的一排貓咪面具，「你來幫我選一個。」

郭禾隆不解，「為什麼要我選？」

「因為我上次戴的青色貓面具，被某人狠狠地嫌棄。那個人說我選的那種顏色非常俗氣，叫我別再戴那副，所以我決定直接讓你來挑。」

郭禾隆一聽，不免更覺得奇怪，嫌棄她的是別人，怎麼聽上去像是他在嫌棄她似的？

但他沒問出口，只想趕快完成她的要求，然後離開，他瞧瞧架上五顏六色的貓咪面具，迅速挑出一副，「那就這個。」

看著他指的紅色面具，少女突然很開心地笑了，「你選這副，是因為你覺得它適合我，還是你自己喜歡這個顏色？」

不知為何，郭禾隆忽然有些心虛，尷尬說：「我重新挑。」

最後，他慎重挑選了一副以白色為基底，有粉色條紋的日式半臉貓面具。

少女跑到鏡子前試戴，回頭確認，「你真的認為這適合我？」

「嗯。」

「好耶，那我買了。」

結果少女不只買了白色這款，連剛才的紅色面具也一併買下。

離開店後，郭禾隆本來想直接跟她道別，少女卻又邀他到附近的速食店吃晚餐，他無法拒絕，只好乖乖跟去。

漢堡吃到一半，少女問他：「你今年幾歲？上次我忘記問你了。」

「二十。」

「大學生？」

他點頭。

「我有那麼可怕嗎？」

郭禾隆捧著可樂的手一顫，心虛否認：「沒有。」

「騙人，你從頭到尾都沒有正眼看我。」少女嘴上抱怨，卻沒有真的不高興，「不管你覺得我是什麼，在你眼前的我，就只是個普通人類，沒有會傷害你的力量，所以你放輕鬆點，好嗎？」

郭禾隆半信半疑對上她晶亮的眼眸，心裡漸漸生出些許勇氣，「那我可不可以問您一個問題？」少女俏皮回：「只要你不再對我用敬語就可以。」

聞言，他才終於改口，「妳為什麼……要附在這個女生身上？」

「我沒有附在誰身上，這本來就是我的身體。」她眨眨眼。

「怎麼可能？」

少女從自己的背包裡拿出皮夾，抽出一張學生證，上頭清楚印著她的大頭照，以及「詹嘉怡」這個名字，「我是我母親懷胎十月所生，由父母一手養育長大，一出生就是詹嘉怡，而非佔據詹嘉怡這個人的身體。」

郭禾隆難以置信，「但妳明明是……」

隔壁桌的一對情侶突然迸出的驚呼聲，打斷了郭禾隆後面的話，順著他們驚恐的視線，郭禾隆從窗戶往一樓的馬路望去，發現前方的十字路口發生車禍事件。

一台汽車跟雙載的摩托車相撞，騎士及後座的小學生被撞飛出去，騎士痛苦爬起，腳步踉蹌，硬是跑到動也不動的小學生身邊，當救護車抵達，重傷的二人立刻被送去醫院。

「好可怕，希望那個小孩平安無事。」

聽見隔壁桌女子說的這句話，郭禾隆喉嚨乾涸，心中一片沉重。

當他轉回視線，發現詹嘉怡專注在看他，那灼灼目光彷彿洞悉一切，令他頓覺不知所措，匆匆說：「我還有事，先走了！」不等她回應，郭禾隆便背上包包，將未吃完的餐點扔進垃圾桶，迅速離去，沒有回頭看少女一眼。

＊＊＊

待天色暗下後，郭禾隆重返發生車禍的十字路口前。

他站在行人專用的號誌燈旁，望著那個小學生出事的位置，最後走到一棵行道樹下，將不久前摺好的一朵白色紙蓮花放在那裡。

一轉身離開，就看見詹嘉怡站在背後，嚇得他直接叫出聲。

「妳怎麼會在這？」

「我跟著你來的，你一離開速食店，我就出來追你，發現你四處遊蕩，最後來到了這兒。」詹嘉怡看一眼地上的那朵紙花，「那是你為今天出車禍的小孩摺的嗎？你知道他最後沒有被救活？」

他不吭聲。

「你果然看得見？」

猜到她的意思，郭禾隆咬唇，沉聲回：「對，我有看見那個小孩的靈魂，離開了他的身體。」

詹嘉怡搖搖頭，「我指的是當時穿著黑西裝，接走小孩亡靈的人。你是看見那人出現在對方身邊，才確定那孩子是當場死亡，回天乏術了，不是嗎？」

郭禾隆瞠目，「妳也看見了那個人？」

「我沒看見，但我猜出你有看到。」見他眼底充滿不信任，詹嘉怡一臉認真，「我是說真的。」

「這怎麼可能？」郭禾隆忍不住脫口而出，「妳其實是死神，對不對？」

這次換少女沉默。

郭禾隆豁出去，一口氣說完：「雖然妳看起來確實跟普通人沒兩樣，但之前我在那棟鬼屋發現妳，就從妳身上感覺到跟那些黑衣人一模一樣的氣息。我知道他們是死神，所以代表妳也是。既然如此，沒道理我看得見他們，妳卻看不見吧？」

「你說得對。」詹嘉怡唇角高高翹起，「你的質疑很合理，既然你問出口了，那我也向你坦承，我其實是死神轉生的人類。」

「死神轉生的……人類？」他呆呆複述她的話。

「對，那天在鬼屋，你會從我身上感覺到死神的氣息，是因為當時我還是死亡的狀態，也就是仍保有死神這個身分的時候；當我『復活』過來，就是不具任何靈異力量的人類，所以現在的我，既無法看見人類的亡靈，也看不見除了我之外的死神。」

過了整整一分鐘，郭禾隆才從她這段話裡回神，全身僵直。

「怎、怎麼會有這種事？妳是怎麼能死了又復活？難道，妳可以自由切換人類跟死神這兩種身分？」

「答對了。」

郭禾隆寒毛直豎，「死神都能這麼做？」

「不，只有我做得到。」

儘管已經歷過各種荒誕離奇的事，郭禾隆還是無法馬上接受她的話。

詹嘉怡走到行道樹前，蹲下凝視那朵紙花，由衷讚美：「你的手真巧，這是我看過最漂亮的紙蓮花，那孩子收到你的花，一定會很高興，就像我現在的心情。」

「妳為什麼高興？」

「因為你是我見到的第一個，可以看見死神的人類呀。」

「什麼意思？難道死神接走人類亡靈時，那些亡靈看不見死神？」郭禾隆不明白。

「我指的是活著的人。」詹嘉怡輕輕拾起那朵紙蓮花，放在掌心上欣賞，「擁有陰陽眼的人類，看得見鬼魂，卻無法看見死神，除非死神主動在人類眼前現身；死神接走人類亡靈時，是不能讓活著的人類看見的。也就是說，死神的隱身對你沒用，你不僅可以清楚看見他們，還能隨時隨地感應到他們的存在，像你這樣的人類，你未必是第一個，卻是我親眼見到的第一個，所以我才高興。」

郭禾隆再度陷入木然之中。

「如果妳說的是真的，那妳知道，我為何看得見死神嗎？」

「我知道。」

他心中激動，「真的？那是為什麼？」

詹嘉怡捧著那朵紙花起身，「你身上有沒有打火機？」

「妳要做什麼？」

「我想把這朵蓮花送去那個孩子身邊，讓他收到你的心意。」她淡淡告訴他，「如果你想知道自己為何能看見死神，就先讓我在你身邊一段時間吧，等我認為可以告訴你，自然會跟你說。」

少女的含笑凝視，讓郭禾隆在惶惶不安中，湧上一絲期待，最後輕輕點了一下頭。

翡翠因為殺害人類，被森末部長消滅一事，很快傳回死神第三部門。

紫蓮沒能阻止翡翠鑄下大錯，也沒有即刻消滅變成惡靈的翡翠，讓她在陽間引發災難，也是重罪，就算森末部長決定連紫蓮一同制裁，也不會有人有異議。

因此，當紫蓮隔天安然回到死神第三部門，眾人都議論紛紛，看她的眼神充滿不可思議。

翡翠的辦公桌已經消失不見，紫蓮失神望著她平常坐的位置，已經流不出一滴眼淚。

回到自己的座位，她的辦公桌立刻出現四份卷宗。

即使發生這樣的大事，今天的她依舊必須盡死神的職責。死神第三部門沒有因為少了翡翠而有半點變化，只有她的心變成斑斑碎片，再也拼不回去。

紫蓮就這麼呆坐著，沒有馬上打開眼前的卷宗，而是低頭攤開自己的雙手，不久一朵以紙摺成的紫色蓮花，從她手中憑空出現。

這是紫蓮剛成為死神不久，在某個意想不到的情況下收到的美麗禮物。除了Maya，無人知曉她有這麼一朵紙蓮花，連翡翠都不知道。

每次心情低落，紫蓮就會用靈能召出這朵紙花安靜欣賞，彷彿這麼做就能得到重新振作的力量，她也一直將這朵花視為重要的心靈寄託。

但這一次，她覺得再也沒有振作起來的力氣了。

兩名與翡翠熟識的女死神，走到紫蓮的身邊，紫蓮立刻讓那朵花從手中消失。

長頭髮的女死神面色沉重地問她：「紫蓮，翡翠為什麼會殺人？她是不是恢復生前記憶，向害死她的人復仇？」

紫蓮沉默點頭。

一名男死神聞言，竟不以為然地哼了一聲，「平常總是用高標準要求別人的傢伙，自己卻做出這種事，會不會太可笑？」

這名態度輕挑的男死神，曾經把自己的黑單任務，與新人的白單任務偷偷調包，新人發現後，跑去向翡翠求救，愛護後輩的翡翠，就在大家面前訓斥這名男死神，導致他對翡翠懷恨在心，經常惡意批評她。

「你太過分了，憑什麼這樣說翡翠？」另一位短髮死神火大開罵。

男死神不甘示弱，尖銳反駁，「我有說錯嗎？誰不知道死神殺死人類，是最嚴重的大忌？平時一副自命清高，老是擺出瞧不起違規者的態度，現在卻犯下最低級的罪，你們都不覺得荒謬？明明她才是最沒資格當死神的人，到底憑什麼裝模作樣？今天她會落得被森未部長制裁的下場，全是她活該，我一點也不覺得她哪裡值得同情！」

兩名女死神氣到哭出來。

紫蓮起身走到男死神面前，冷問：「你說完了沒有？」

「怎麼？我不能揭穿那個女人的假面具？」男死神眼神輕蔑，再度冷笑，「妳任由那傢伙在陽間大鬧，同樣罪不可赦，森末部長應該連妳一起消滅才對，怎麼會好心放過妳？」

「你說的對。」紫蓮拉起男死神的手，牢牢緊握。

他一怔，「妳幹什麼？」

「森末部長是對我降下了處分，但他不是消滅我，而是讓我恢復生前記憶。聽說接觸恢復記憶的死神，自己也容易想起一切，你要不要親身試試看？」

「哇，滾開，妳放開我！」男死神驚恐地大吼大叫，用力掙脫紫蓮的手，狼狽地遠遠逃開，其他死神也像是將紫蓮視為瘟疫，不敢再靠近她一步。

之後紫蓮離開死神第三部門，來到一棟許久未再踏進的高樓大廈。

她站在無人的開闊頂樓，眼眶濕潤，眺望蔚藍的天空，任憑風吹亂髮絲。

「謝謝妳願意跟我分享心事。」

曾經，她在這裡見到一名溫柔善良的少年。

此後紫蓮會與他相約此處，聽他用二胡拉奏出無數動人美妙的樂曲，聽他分享各種不可思議的事，而她也會向他傾訴自己的迷惘及煩惱。

這一刻，少年是她最想見的人，然而他已經永遠離去。

她再也聽不見帶給她溫暖及安慰的二胡聲，更失去現在唯一可以幫助自己的對象。

「紫蓮前輩。」

紫蓮一凜，發現束著長馬尾的水言，不知何時出現在後方。

「妳怎麼知道我在這裡？妳尾隨我來的？」紫蓮問。

水言搖頭，「我不知道妳會去哪裡，但我曾聽說妳跟 Maya 長官過去常在這裡見面。雖然不確定是不是真的，但也是一條線索，所以我來碰碰運氣，結果妳真的在這裡。」

「是嗎？」紫蓮語氣平板，沒有任何情緒，「那妳找我有什麼事？」

「妳真的想起生前記憶了？」

紫蓮看她一眼，「其他人讓妳來確認的？」

「不，是我自己想問妳。」

了解水言的個性，紫蓮知道她不會說謊，卻不確定對方是出自關心，還是出於其他原因。

「前輩，這裡風聲有點大，我可以靠近點說話吧。」

紫蓮還來不及回應，水言就邁開步伐到她身邊，和她一起望著乾淨無雲的天空。

「妳這樣做，不怕恢復記憶？」

「不怕，恢復生前記憶的死神，會傳染給其他死神這種說法，我認為是無稽之談。但，就算真的恢復記憶，我也不在乎。」

紫蓮默然片刻，「妳也認為翡翠有這種下場，是自找的嗎？」

她會這麼問水言，是因為翡翠就是造成她們疏離的主因之一。

兩年前，紫蓮和水言一起接走遭逢登山意外，不幸死去的一家四口的亡靈。紫蓮遵循翡翠的叮嚀，接到亡靈後馬上將對方送進昤門，水言卻接受一名亡靈的懇求，帶他回家看老母親最後一眼，再送他離開。

儘管有在規定時間內完成任務，兩人還是為這件事起了口角。紫蓮無論如何都要恪守傳統的做法，讓水言無法理解，與她展開激辯。

「大家都是這麼做的，所以妳也不該冒險！」

「為什麼不行？就算冒著被處分的風險，我也想為我迎接的亡靈堅持到最後一刻。倘若什麼都要遵照規矩，不容許一點變通，那我們跟第二部門的死神有什麼區別？既然我們是人類轉生的死神，就代表我們可以有其他的做法，否則，我無法理解第三部門為何要存在？」水言振振有詞。

紫蓮氣急敗壞，「妳不需要去理解，這本來就不是我們能知道的事，更不是我們能干涉的。這些規矩會存在，自然有它們的道理，妳這樣獨斷獨行，對妳及我們都沒有好處，妳只要遵照前輩們的話去做就好，這樣對妳才安全。翡翠她說——」

水言冷然一笑，打斷她的話，「我就知道妳會提翡翠前輩。在我看來，翡翠前輩那種墨守成規的作法，根本無法保障什麼。過去堅守規矩的那些死神，最終還不是會因為各種原因，無法在死神界待下去？我甚至認為，像翡翠前輩這種只會躲避一切危險的死神，才是最容易被森未部長淘汰的；妳怎麼就不懷疑，你們一直以為的安全，最有可能為我們帶來致命的危機？我們是人類，注定比不過真正的死神，既然如此，我們就該用人類才做得到的方式去執行死神任務，而不是逼自己變得跟第二部門的死神一樣無血無淚，那樣不僅不切實際，更會毀掉我們自己；我相信這也不是長官們讓第三部門存在的本意，假如他們真的只是希望我們能跟第二部門的死神一樣，那根本就不必成立第三部門啊！」

紫蓮聽得瞠目結舌，一度反駁不了半個字。

「我會尊重前輩們的作法，所以請妳也別逼我就範，我不想當個連死後都還要繼續貪生怕死的死神。紫蓮前輩，我一直在觀察妳，我看得出來，妳其實跟我的意念相同，妳只是害怕，才用翡翠前輩當藉口。妳為什麼想成為死神？也是跟大多數的人一樣，因為害怕去審判界嗎？妳真心認為現在的第三部門，能帶給妳永遠的安穩？若妳生前就是只會隨波逐流，沒有主見，不敢為自己勇敢一次的人，而且死後都還繼續如此，我會為妳感到悲哀。」

水言嚴厲尖銳的指責，讓紫蓮受到巨大打擊，她無法接受水言這樣批評自己跟翡翠，兩人就此決裂。

怕翡翠會難過，紫蓮沒有把這件事告訴她，因此翡翠始終不知道她們曾為了自己爭吵，卻還是有注意到她們變得疏離。紫蓮只告訴她，自己跟水言的個性不太相合，只適合當同事，不適合當朋友。

此後，她跟水言就真的不再說過兩句話，直到現在。

「我沒有認為翡翠前輩是自找的。」

面對紫蓮的提問，水言繼續望著天空，「我雖然無法認同翡翠前輩的想法，但我並不討厭她。知道她選擇最壞的那條路，我也很難過。翡翠前輩是個熱心善良的好人，她一定也有想幫助人類亡靈的時候。倘若她不為了保護自己，選擇逃避自己的本心，也許結局就會有所不同。」

紫蓮不敢相信她至今都還在數落翡翠，瞬間怒火中燒，反唇相譏：

「妳的意思是，若翡翠像妳一樣無視死神界的規矩，想做什麼就做什麼，就不會做出這種事？妳自己聽了都不會覺得矛盾？翡翠就是因為無法放下心中的怨恨，才會不顧死神的大忌，也要與害死她的人玉石俱焚，連投胎轉世的機會都不惜放棄；如果是妳，妳能保證不會做出跟她一樣的決定？過去有多少死神因為與人類扯上關係，陷入淒慘的下場，妳明明也知道，為什麼現在要把這兩件事扯在一起？妳成為死神才多久？又了解翡翠多少？到底憑什麼說出這種話？」

水言闔上眼睛，面不改色道：「紫蓮前輩，我知道現在不管我怎麼解釋，聽在妳耳裡都是越描越黑。但請妳相信，我是真心為翡翠前輩感到悲傷跟惋惜。至於妳說的，那些與人類有所牽連，不得善終的那些死神，我確實知道，但那並不全然與森末部長的制裁有關，更多是因為無法戰勝自己的心魔，最終陷入崩潰，甚至不惜讓惡靈了結自己，不是嗎？」

紫蓮停頓下來，「妳想說什麼？」

「我想說的是，我希望紫蓮前輩能從現在起，認真思考幾個問題：負責處置殺害人類的死神，為何不是第一部門的其他長官，也不是斯蒸副部長，而是森末部長本人？以他的身分，其實沒必要親自出馬；還有，如果森末部長真心想避免死神殺害人類的事情發生，他大可在我們恢復生前記憶的當下，直接消滅我們，而不是給我們再次做選擇的機會。雖然這都是我的個人想法，但我認為森末部長其實不像傳聞那樣，對第三部門的死神抱著厭惡之心，反而覺得他其實很仁慈，對我們有別於其他部門的期許，森末部長沒有連妳一起消滅，就是最好的證明。」

水言深深吸一口氣，繼續輕聲說：「所以，倘若前輩妳真的恢復生前記憶，無論妳生前有怎樣的人生，我希望這次妳能為自己『真正的』人生最後，做出對妳最好、也最值得的抉擇。這是只有我們才有的機會，請妳一定要好好把握。」

聽完這一席話，紫蓮也不禁怔怔迎上水言澄澈的眼睛。

水言準備離開時，紫蓮對她說了謊，「我沒有想起生前記憶，我是氣那個人這樣口無遮攔侮辱翡翠，才故意嚇唬他。」

水言若有所思看著她，「我知道了。」

頂樓剩下紫蓮一人，她繼續站在原地，漸漸淚眼模糊。

當年與水言的決裂，讓紫蓮意志消沉，連續好幾日都無法排解心中的鬱悶情緒。

某天紫蓮結束任務，漫無目的在陽間遊蕩，最後來到這棟高樓，竟聽見一道悠揚淒美的樂聲，有人坐在頂樓拉奏二胡。

當她看清那張白淨青澀的面孔，大吃一驚。

紫蓮來到死神第三部門的第一天，她就在辦公室裡見到這名氣質非凡的神秘少年，對他留下極深刻的印象。

少年長相清俊，看起來不到十五歲，翡翠告訴她，這名看似毫無威脅性的少年叫 Maya，是來自第一部門的菁英死神，也是他們的長官。

死神第三部門的直屬長官，長期下落不明，森未部長多年前就指派 Maya 擔任第三部門的代理部長，同時為了遏止第三部門的死神因為交換任務，所引發出的各種災難，森未部長當時也對第三部門降下恐怖制裁，讓所有死神每天只能與無數個兇猛殘暴的惡靈對戰，導致幾名死神滅亡，大批死神決定出走，是陰間人盡皆知的大事。

然而不知什麼原因，森未部長的制裁結束，Maya 也卸下象徵第一部門死神的金色領帶，換上黑色領帶，真正成為第三部門的一員；有人猜他得罪了森末部長，遭到降級處分，但這個猜測沒有得到證實。

即使Maya已經不是第一部門的死神，仍不是大家敢招惹的對象，翡翠也叮嚀紫蓮別跟他扯上關係，紫蓮聽了進去，始終與Maya保持遠遠的距離。

直到那天，她在大樓頂樓與Maya意外巧遇，正不知如何是好，少年就主動問她：「妳找我有事嗎？」

紫蓮驚慌失措，脫口說出：「我不是來找Maya長官的，我是單純心情不好，想找個安靜、視野好的地方坐坐。我不知道您也在這裡，我馬上離開！」

「沒關係，這裡的確是很適合看風景的好地方。妳不用離開，我走就好。」

Maya說完，就真的從地上站起，手中的黑色二胡同時消失不見，他一越過她，紫蓮竟抓住他的手，焦急道：「Maya長官，您不用這麼做。是我不小心打擾到您，真的非常抱歉！」當她看見一條紅線從少年的袖口露出，整個人驀地呆住。

少年手腕上的紅線，只有人類死神才有，來自第一部門的Maya，怎麼也會有這條紅線？

難道……

紫蓮瞪大眼睛，顫聲問少年，「Maya長官……您也是人類？」

「是呀。」他莞爾一笑。

她倒抽口氣，不敢相信，「可、可是，我聽說您是從第一部門來的。」

「我的確來自第一部門，但我跟妳一樣也是人類。我無意隱瞞這件事，只是大家都不敢接近我，才沒有說出真相的機會；第一部門跟第二部門的死神，都知道我是人類，可是他們不在意，更不會到處去說，所以你們直到現在都還不知道。」

紫蓮嘴巴半開，遲遲無法從這驚人的消息回神。

「妳叫紫蓮，對吧？」

沒想到少年會知道自己的名字，她更加緊張，「是的。」

「妳好，紫蓮。我很早以前就卸下第三部門代理部長的職位，所以我已經不是妳的長官，妳可以直接叫我 Maya。」

儘管他這麼說，紫蓮卻也不敢真的這麼做。

後來，少年還是把這個地方讓給了她，紫蓮覺得不可思議，沒想到 Maya 本人竟是這般友善親切，一點也不像傳聞中那樣可怕。

回到死神第三部門後，紫蓮沒有把 Maya 身上的重大秘密說出去，甚至連翡翠都沒有透露。但隔天起，紫蓮時不時就會偷偷注意少年，每當她看著他，心裡就會湧起難以言喻的感受。

某天發現 Maya 不在辦公室，而且遲遲沒有回來，紫蓮心生一念，竟決定再去那棟高樓，最後也真的在同一個地點找到了他。

即使她躲了起來，敏銳的 Maya 還是立刻發現她，笑著問，「妳今天心情也不好嗎？」

紫蓮滿臉通紅，結結巴巴，「不是，我……」

「妳要不要過來一起看夕陽？正好我有點事想問妳。」Maya再度對她釋出善意。

紫蓮心懷忐忑走到他的身邊，「您想問我什麼事呢？」

「妳沒有把我是人類的事說出去嗎？」

紫蓮原本要搖頭，但她感覺出少年問的是另一個意思，於是小心探詢：

「您希望我說出去嗎？」

「呵呵，也不是啦，只是我一直以為妳會這麼做，但大家對我態度依然沒變，才好奇妳是不是幫我隱瞞了？」

「是、是的。雖然您上次說，沒有想要隱瞞這件事，但我覺得讓大家知道您是人類，對您並非是好事。」

「為什麼？」見紫蓮面露為難，Maya柔聲鼓勵，「沒關係，妳儘管說。」

她被少年溫暖的笑容打動，鼓起勇氣道：「我知道我這麼說，對您相當失禮。但我認為，大家之所以敬畏您，是認為您是真正的死神，自然不會對您產生比較的心情。倘若得知您也是人類，一定會有人覺得不平衡，開始對您心生妒忌，屆時連森末部長的公正性都會遭到質疑；誠如您先前所言，第一部門跟第二部門的死神，不會有我們那些複雜的情感，即使我們得到死神的身分，內心終究還是人類。要是因為我洩漏出去，害得您在第三部門的處境變得難堪，我會無顏面對您。」

語落，紫蓮匆匆低頭補充：「不過，這也可能是我一廂情願的想法，未必真的會發生。我絕對無意對 Maya 長官的作法指手畫腳，若讓您不高興，我很抱歉！」

Maya 沒有大發雷霆，還開懷大笑，讓紫蓮瞪圓雙眼。

「我好驚訝，我沒想到妳會為我跟森末部長著想。」少年晶亮的黑眸盈滿笑意，「妳生前一定是個非常善解人意的人。」

Maya 猝不及防的稱讚，讓紫蓮一下子紅了臉，同時訝異問道，「您不生氣嗎？」

「完全不會，我很開心。那就照妳的意思，繼續隱瞞大家吧。」

「真的？若您還是希望大家知道，那麼我……」

「沒關係，我打消這個念頭了，我現在覺得只有妳一人知道，或許更好。」少年眼角彎彎，「為了感謝妳的這份心意，我可以再跟妳說一個秘密嗎？」

紫蓮自然不會拒絕，馬上點頭。

然而，聽完少年說出的另一個秘密，她卻以為他在開玩笑。

「您說您不曾遺忘生前的事？」紫蓮瞳孔瞠大，「這怎麼可能呢？」

「是真的，我原本是被死神接走的一般亡靈。但因為某些原因，自願成為第三部門的死神，在接走我的那位死神協助下，我得到森未部長的同意。當然，這並不符死神界的規定，所以森未部長對我開出條件，必須先留在第一部門，等我通過考驗，才能進入第三部門。今年是我成為死神的第十六年。」

紫蓮震驚到眼睛眨也不眨，渾身豎起雞皮疙瘩。

得知竟有死神願意為人類做到這個地步，紫蓮不由得想起水言，心中一陣激動，「可是，這應該不是一般的違規，當時幫助您的那位死神，難道沒有因為破壞死神界的規矩，受到相應的懲罰嗎？」

Maya沉吟片刻，「某種意義上，他確實受到了懲罰，可即使如此，他依舊樂於這麼做。」

「為什麼？」

「因為他覺得很值得。」

「值得？您是說對人類？」

「對人類，也對他自己。當然，對他重要的人更是如此。」

紫蓮聽得一知半解，再度陷入呆滯。

「話說回來，妳對我難道沒有意見？明明我也是人類，憑什麼能得到森未部長的差別待遇？覺得我很狡猾。妳不會這麼想？」

紫蓮惶恐，鄭重否認，「我是會覺得疑惑，但不至於認為您狡猾。坦白說，森未部長是否有差別待遇，並非是我在意的重點。我在意的是，您居然能在第三部門待上這麼長的時間。知道您是人類之前，我一直以為您是真正的死神，才能夠輕鬆做到，所以發現您的秘密時，我真的難以置信；即使我成為死神還沒有很久，卻已經深刻體認到，無論是否恢復生前記憶，要能一直留在死神第三部門，都不是容易的事，所以我真心覺得您很了不起，也好奇您究竟是如何做到的。」

Maya 靜靜看她，「妳想一直留在死神第三部門嗎？」

紫蓮語塞，艱澀回：「其實我也不是很清楚，但我在這裡有了重視的朋友，若能這樣跟她共度下去，好像也是一件不錯的事。我沒什麼遠大志向，也沒有特別想做的事，只希望能安然度過每一天……不過，我這種想法，看在某些人眼裡，似乎只是貪生怕死，為求安逸而選擇軟弱的行為。」

「有人這麼對妳說過？」

「是的。」Maya 的經歷，讓紫蓮苦悶的情緒找到了出口，加上她實在難以對和善的 Maya 繼續抱持戒心，當對方好奇問下去，紫蓮便老實道出與後輩爆發衝突的事。

「我知道之所以會被她的話刺傷，甚至耿耿於懷，是因為在內心深處也認同她的話，但我卻還是沒勇氣改變什麼，這樣的我，是否真的是最懦弱無能的死神？」紫蓮眼神黯然。

Maya沒有對她的話作出回應，只是忽然說起一段往事，「以前有一名死神，在成為死神的第一天，就想起生前的記憶，包括某個因為她而發生不幸，就此臥病在床，再也醒不來的人類女孩。這位死神向森未部長提出請求，等到女孩死去，由她親自接走對方的靈魂，森未部長同意了。往後的六年，這名死神為了能順利與女孩重逢，將可能會害自己滅亡的危險任務全部交換出去，最後，她成功堅持到那女孩過世，親手送走了她。妳覺得為了這個目的，選擇逃避一切危險的那位死神，是懦弱無能的嗎？」

聽完這個故事，紫蓮呆了許久，眼眶竟一片濕潤。

「不，她一點也不懦弱，她是我聽過最勇敢的死神。這個故事是真的？

除了您，真的還有記得一切，卻選擇留在第三部門的死神？」

「是呀，現在的第三部門，也有另一位擁有生前記憶，但決定留下來的死神。」

紫蓮驚愕，「真的？那位死神是誰？」

「我答應對方不會說出去，但或許有一天，那個人會願意主動告訴妳。」

少年意味深長的笑容，讓紫蓮心中茫然，不明白他的推測從何而來。

「就像妳說的，不管有沒有恢復記憶，要能一直留在第三部門，都不是容易的事。所以妳想保護自己的心，我認為沒有錯，但我也同意那位死神說的話，逼自己當個冷酷無情的死神，對我們未必真有好處。妳可以把這當作是我在第三部門待了十六年的心得，慢慢思考，我相信妳會找到自己的出路。」

Maya 拿起手中的二胡，語帶笑意地說，「謝謝妳願意跟我分享心事，我送一首曲子給妳，希望可以帶給妳一些力量。」

當 Maya 用他的黑色二胡，為她演奏一首名叫〈睡蓮〉的曲子，紫蓮感動不已，原本陰鬱的心情，在那優美嘹亮的音色中消散而去。

兩人成為朋友後，紫蓮偶爾會到那棟高樓找Maya。

有一次少年向紫蓮坦言，自己之所以會記住她的名字，是因為他有兩次在辦公室裡，發現紫蓮在座位上偷偷召出一朵紫色的花朵，十分認真地凝視。看到那一幕，Maya便懷疑那是紫蓮生前擁有的物品，以及紫蓮有可能已經恢復生前記憶。

紫蓮慌張澄清，「不是您所想的那樣，我沒有恢復生前記憶！」

「既然如此，妳為什麼要躲起來偷偷看呢？」

「那是因為……那朵花的由來有點特殊，我不敢說出去。要是被第一部門知道，我擔心會被處分。」

「那朵花有什麼特殊之處？」見紫蓮滿臉掙扎，Maya馬上猜到她的顧慮，笑言，「我現在跟妳一樣是第三部門的人，不會出賣妳，放心吧。」

紫蓮決定信任Maya，在他面前召出了那朵紫蓮花。

「啊，是紙摺的蓮花？真漂亮。」Maya由衷讚嘆。

「就是呀，我非常喜歡。這朵花其實是我從人類手中收到的。」

「真的？」

「對，有次我執行完任務，在路邊休息，後來這朵紙蓮花突然出現在我的身邊。我依稀記得，當時我旁邊坐著一名低頭打瞌睡的人類少年，而當我發現這朵花，那名少年已經不見了；那朵紫色蓮花，讓我馬上想到我的名字，越想越覺得這不是巧合，懷疑是對方要給我的。」

「聽妳的敘述，我也有這種感覺，若這朵蓮花真是那位少年要給妳的，他怎麼會知道妳的名字叫紫蓮？」

「我想……是因為他看見我在哭吧，當時翡翠在身邊安慰我，那位少年想必是聽見她叫我的名字。」

迎上Maya好奇的眼光，翡翠不好意思地解釋，「那時我還是菜鳥死神，一下子目睹許多人類在眼前死亡的殘酷過程，又要面對可怕的惡靈，加上有些任務，讓我在情感上難以釋懷，所以我身心俱疲，壓力也來到頂點。那天執行完任務，我忍不住崩潰，在人來人往的路邊大哭。大概是我哭得太慘，讓那個男孩看不下去，決定摺出那朵紫蓮花，給我打氣。當然，這或許是我一廂情願的想法，但我還是想這麼相信。」

「我懂妳的心情，我也認為那名少年是想幫妳加油打氣，才送上跟妳名字一樣的花。那妳會不會想再見到對方？」

「這……我沒想過這個問題，我連對方的長相都不知道，不過聽您這麼問，我確實開始對那位少年越來越好奇，要是有機會再見到他，我會很高興，畢竟這朵紫蓮花，是我成為死神後收到的第一份禮物，而且它真的為我帶來很多力量。」

「那我幫妳祈禱，希望妳有一天真能再見到他。這朵蓮花的事，我會幫妳保密，小心點別再被其他人發現嘍。」

「好，謝謝您。」紫蓮感激不已，望著少年和煦的笑容，決定說出口：

「其實我也有一件事想問您，但不確定這問題會不會讓您不高興。」

「妳說說看。」

「之前您告訴我，成為死神第一天，就想起生前記憶的那位死神，她是因為想親自送走某個人類女孩，才在死神第三部門待了六年的時間，那您也是因為有想見的人，才留在這裡到現在的嗎？」

「是呀，我想見我的哥哥。」他點頭。

「哥哥？您知道他現在在哪裡嗎？」

「知道，他在監獄裡。」

「監獄？」

「嗯，他殺了我之後，就入獄服刑了。」

Maya 輕描淡寫的敘述，讓紫蓮臉色僵硬，恨不得咬斷自己的舌頭。

「對不起，我……」

「呵呵，沒事啦，我就是不介意讓妳知道，才告訴妳的。」他神態從容，看起來真的沒放在心上。

少年的信任讓紫蓮感動，同時也為他心痛，「您恨您的哥哥嗎？」

「不恨，我若是想向哥哥復仇，才決定成為死神，森末部長是看得出來的，那樣他一開始就會消滅我，不可能給我這個機會。」

儘管紫蓮也想知道，Maya的哥哥對他痛下殺手的理由，但她努力阻止自己問出口，深知不能仗著Maya對她好，就得寸進尺。

這天向Maya說出那朵紫色蓮花的事，隔日紫蓮與翡翠去麵館用餐，也向她聊起，「翡翠，妳記不記得我剛當上死神時，因為適應不良，曾經坐在路邊大哭？」

翡翠噗哧一笑，「怎麼會不記得？那時我怎麼安慰妳都沒用，放妳獨自發洩，妳才慢慢冷靜下來。幸好當時是隱身，否則妳真的會嚇壞一堆人。」

「咦？我們那時是隱身的嗎？」

「當然，不然妳哭成那樣，怎麼可能不變成大家的焦點？那時我就在妳身邊，所以我很確定我們是隱身的狀態，別說是普通人類，即使是擁有陰陽眼的人類，也看不見我們。」她笑盈盈道。

紫蓮傻住了。

她一直認為自己跟翡翠當時都忘記隱身，才讓那名少年看見到她的失態，並送上那朵紫蓮花，因為這是最合理的解釋。

倘若翡翠所言為真，那名少年應該不可能發現她，更遑論從翡翠口中知曉她的名字。

這究竟是怎麼回事呢？

紫蓮為此心慌，打算下次跟 Maya 見面時，詢問他的意見，身邊的人對紫蓮的態度，卻在這時出現巨大轉變。

那天紫蓮一踏進辦公室，馬上被翡翠帶了出去，聽了翡翠的問話，紫蓮才知道發生大事，驚覺不妙。

原來之前她跟 Maya 在那棟大樓見面，被在對面大樓執行任務的一名男死神撞見，後來男死神又抓到他們在同一個地方碰面，於是就大肆宣傳出去，很快地就傳得眾所皆知，大家因此懷疑紫蓮跟Maya有不正當關係，更認為紫蓮接近Maya的動機不良，對她的批評一個比一個不堪入耳。

為了不讓事情越演越烈，導致這些難聽的話傳到Maya耳裡，紫蓮選擇默默隱忍，並編了一個謊言騙過翡翠，繼續幫Maya守住秘密。當翡翠說要幫她解開誤會，紫蓮阻止了她，表示自己不在意，只希望讓謠言慢慢平息。

事已至此，紫蓮也無法再到那棟大樓找Maya。為了不讓懷疑他們的其他死神再有借題發揮的機會，紫蓮決定對Maya退回到原來的距離，往後在辦公室裡，也會避免跟少年有眼神接觸的機會。

一天，紫蓮工作回來，發現辦公桌上出現一張字條，她一眼認出那是Maya的筆跡，上頭寫著，希望紫蓮今晚去一趟那棟大樓。

當時謠言還未平息，也有許多雙眼睛在注意自己，經過一番掙扎，紫蓮終究只能辜負Maya；她在心裡告訴自己，等事情過去，再親自向Maya鄭重道歉，Maya是個善解人意的人，相信一定能理解她的苦衷。

隔天，Maya沒有出現在第三部門辦公室。

紫蓮結束任務回來，發現Maya的座位居然消失了，馬上衝去那棟大樓，她沒在那裡找到少年，只看見一盆花擺在頂樓的中央，花盆底下壓著一個紫色的信封，她拿起那封信，發現果然Maya留給她的。

嗨，紫蓮。

當妳看到這封信，我應該已經不在死神第三部門了。

今天是我哥哥出獄的日子，等見到哥哥後，我就會去審判界了。

原本打算昨晚告訴妳這個消息，並向妳道別，可惜妳沒有來。

我知道妳為何會躲我，我也清楚妳在死神第三部門的心願是什麼，所以可以理解妳的決定，不會就此埋怨妳。

能在最後交到妳這個朋友，是我意想不到的。跟妳相處的這些日子，我非常愉快，謝謝妳帶給我快樂的時光。

成為死神後，我面對無數次的死亡，漸漸明白許多事情的答案，其實無法用正確與否判斷，而是用是否值得來決定。

對我來說，紫蓮妳值得一切美好。

倘若有一天，妳再度感到迷惘，希望妳能勇敢忠於自己，做出對妳最值得的那個選擇。

紫蓮，再見，祝妳幸福。

妳一定能與送妳紫蓮花的人重逢。

紫蓮哭了出來。

她的心像是破了一個大洞，萬分後悔沒能來得及解開誤會，讓 Maya 知道她的真心，就這麼與他永遠別離，她對自己失望透頂，因而陷入更深的自我厭棄。

就像是要懲罰她的懦弱般，失去Maya的一年後，翡翠也永遠離開她了。

＊＊＊

失去翡翠的第七天，紫蓮坐在座位上，失神看著桌上的一份黑卷宗跟八份白卷宗，動手翻完所有卷宗，她發現做完這些任務，今天也就結束了。

這時坐在附近的一名女死神，哭喪著臉向友人抱怨，昨天因為不小心違規，導致今天收到五份黑單，而且全是在上午的任務。待對方友人離開，紫蓮主動走過去，表示願意用自己的八份白單換她的所有黑單，女死神驚喜不已，同意與紫蓮交換任務。

這天上午，紫蓮一口氣應付六個惡靈，並順利完成任務。她沒有直接回第三部門，而是來到生前最熟悉的一座城市，最後在一條寧靜巷弄裡，找到一棟老舊透天厝。

生鏽的藍色鐵窗，斑駁的水泥牆面，皆與她記憶中的家相同。

窗內的景色幽暗，看似無人在家，紫蓮毫無阻礙地進到屋裡，環顧客廳的每個角落，接著踏上二樓，來到自己過去的房間，發現裡頭已經變成她認不出的模樣，現在是一間夫妻房。

床頭櫃放著幾幅照片，有一對年輕男女的結婚照，以及一個小男孩的照片，還有這三個人的幸福合照，看得出是一家人。

紫蓮定定看著那些照片，轉身走進另一間臥房，裡頭的室內擺設，讓她知道是照片中小男孩的房間，桌上的幾本簿子寫著男孩的名字：謝紹文。

回到一樓時，擺在客廳的電話鈴聲大作，紫蓮拿起話筒接聽，另一端傳來焦急的女聲：「喂？姿珊嗎？你們夫妻倆的手機怎麼都打不通？聽說文文早上又陷入昏迷，他現在怎麼樣？脫離險境了嗎？恭明人在醫院嗎？妳怎麼不說話？有人在聽嗎？」

瞥見電話旁邊放著一份醫院公文袋，紫蓮默默將話筒掛了回去，看完公文袋裡頭的資料，她直接前往這間醫院，最後找到謝紹文所在的加護病房。

加護病房外坐著兩對夫婦，一對容貌蒼老，另一對容貌年輕，後者就是她在照片裡看到的那對男女。

他們四人臉上憔悴，年輕男人摟著身旁的妻子，低聲安慰哭紅雙眼的她，女子依偎在丈夫懷裡，雙手不斷顫抖，眼底一片恐懼不安。

紫蓮的目光在那對年輕夫妻的身上流連許久，最後進入加護病房，來到戴著呼吸器、全身佈滿管子的一名五歲男孩身邊。

很長一段時間，紫蓮就這麼看著男孩，一動也不動。

週末上午十點，郭禾隆站在電影院門口，在人群中看見那名短髮少女奔向自己。

她一緊緊挽住他的手，他嚇得馬上掙脫，連退五步，「妳做什麼？」

「你怎麼像是第一次接觸女生？難道你沒交過女朋友？」詹嘉怡被他的誇張反應逗得哈哈大笑。

「這跟我有沒有交過女朋友無關，妳突然這樣抓住我，我當然會嚇到！」

郭禾隆沒說出口的是，比起女孩子，他更顧慮的是她死神的身分，「妳為什麼要找我來看電影？」

「想看就來啦，你常去電影院嗎？」

「我八歲起就沒再踏進電影院，妳可以一個人看嗎？我其實……」

「不行。」她一口拒絕，硬是把他拽到售票口，選了半小時後的場次。

兩人在影廳內入座，詹嘉怡告訴他：「你要認真觀賞喔，電影結束後我會問你問題。」

郭禾隆正想開口，影廳的燈光就暗下了，他只能將來到喉頭的話嚥回去。

電影演到好笑的橋段，觀眾的笑聲此起彼落，卻只有郭禾隆笑不出來。

他完全無法沉浸在劇情裡，從頭到尾坐立難安，好不容易捱到影片結束，他立刻起身逃了出去，胃部的劇痛讓他不斷冒冷汗，站在電影院門口大喘粗氣。

詹嘉怡馬上來到身邊關心，「你不要緊吧？」

「沒事，我可不可以走了？」他疲憊不堪，聲音沙啞虛弱。

「當然不行，我說過我要問你問題，現在剛好中午，我們去吃飯，這附近有我喜歡的牛肉麵店。」詹嘉怡說完，又將他拽走。

詹嘉怡拉著他來到一間古色古香的建築物，二樓處高掛著一盞盞醒目的大紅圓形燈籠，看上去就像是被巨大的紅色氣球簇擁其中，是相當具有特色的一間餐館。

在客人較少的二樓座位區，郭禾隆喝下一口熱騰騰的牛肉湯，香醇鮮美的滋味在舌尖擴散，他緊繃的身心獲得舒緩，因壓力造成的不適逐漸消失。

「怎麼樣？這家的牛肉麵很好吃吧？我以前常跟家人一起來吃。」詹嘉怡問。

「嗯，很美味。」郭禾隆抿抿唇，放下手中湯匙，看向她的眼睛，心虛招供，「那個，剛才我其實沒認真在看電影，所以不清楚內容到底演了什麼。妳若想跟我討論劇情，我恐怕……」

她毫不意外地笑了，「我知道你沒認真看，所以我真正要問你的也不是電影的內容。我想問的是，剛剛在影廳裡，你有發現死神的存在吧？」

郭禾隆驚詫，「妳也發現了？」

「當然沒有，我說過現在的我看不見人類亡靈跟死神，我是從你的反應猜到的。你以為有人會死，才一直坐立不安吧？其實你不必那麼害怕，大部分時候，死神會出現在電影院，只是因為他們也想看電影，而非是要來接走人類。」

「這是真的嗎？」

「是呀，你八歲起就不再進電影院，就是因為經常在那裡發現死神吧？剛剛在影廳裡，你有感覺到幾個死神？」

「我不確定……但至少有三個吧。死神喜歡看電影？」

「嗯，不過僅限於第二部門的死神啦。他們不會對人類的故事產生共情，卻會對人類製作的電影感興趣，另外像是音樂或電玩，他們也相當熱衷。」

「第二部門？那是什麼？」郭禾隆一頭霧水。

詹嘉怡也放下手中的餐具，用紙巾擦擦嘴巴，「你見過身上繫紅色領帶的死神吧？除此之外，你還有見過別的死神嗎？」

郭禾隆的心重重一跳，用力點頭，「有，我另外見過繫黑領帶的死神，但碰到紅領帶的機率還是最高的……啊，我還有看過繫金色領帶的死神！」

「真的？你何時見到的？」詹嘉怡很意外。

「我四歲的時候，雖然當時還很小，卻一直清楚記得這件事。有天晚上，我不小心在路邊跟父母走散，害怕到躲在某條巷子裡哭，這時有一名繫著金領帶的死神來到我身邊，他不僅陪伴我，還用二胡拉奏歌曲給我聽，安撫我的情緒。等爸媽找到了我，那位死神也不見了。此後，我就沒再見過金領帶的死神。」

看見少女唇角的一絲謎樣笑意，郭禾隆納悶，「妳為什麼笑？」

「沒什麼，那位死神對你真親切。」

「是啊，如今回想起來，那位死神不僅親切，還很年輕，根本就還是個少年。」言及此，郭禾隆漸漸想通了什麼，認真看向少女，「妳說的第二部門死神，指的就是繫紅領帶的死神？既然有第二部門，那就表示還有第一跟第三部門，對吧？死神是以領帶的顏色區分的？」

「你真聰明，一點就通。」她一臉讚賞。

郭禾隆從小到大見過的死神不計其數，早就發現他們身上的不同之處，如今終於有機會得到解答，心中不免激動，迫不及待問下去：「那當年我遇到的那位金領帶死神，是第幾部門的死神？」

「第一部門。不過，你碰到的那位死神比較特殊，除了他之外的第一部門死神，沒有那麼親切，對人類的一切也完全沒有興趣，幾乎不會出現在陽間。」

「那黑領帶的死神，就是第三部門的死神了？他們跟第一及第二部門的死神，又有何不同？」

「他們與其他部門最大的不同，在於他們是人類。」

「什麼？」郭禾隆傻住。

透過少女的說明，郭禾隆才得以揭開死神界的面貌。

死神界有三大部門，死神部長及副部長分別掌管第一部門及第二部門。第一部門死神位階最高，能力最強，掌管死神界內部的一切業務；第二部門及第三部門的死神，負責在陽間執行死神任務。

得知第三部門的死神，都是失去記憶的人類亡靈，他們透過第三部門管理者賜予的靈能，得到死神的力量，以及一份生前的記憶，郭禾隆目瞪口呆，彷彿聽見不可思議的奇幻故事。

「如果賦予他們靈能的那條紅線不見了，或是恢復生前所有的記憶，他們就不能當死神了？」他好奇問。

「失去紅線的話，確實是不能繼續當死神，但恢復記憶的死神，若想繼續留在第三部門，當然是可以的，只是願意這麼做的死神相當少，大部分的人類死神無法承受想起一切的痛苦，所以他們反而是最不敢踏入電影院的，因為電影這種東西，最容易觸發他們身為人的各種情感，進而導致記憶的恢復，所以能避開就避開。」

「這種說法是真的嗎？」

「不是，他們是因為恐懼，才想像出各種禁忌與危險，這確實是人類會做的事，不是嗎？」

少女愉快說出的這句話，讓郭禾隆聽了有些刺耳，卻又無從反駁。見郭禾隆沉默不語，詹嘉怡問：「聽到這些事，你嚇壞了？」

「是有嚇到，但多虧妳，我好像想通了一些事。」

「什麼事？」

「我從小就見過不少死神，所以有發現黑領帶的死神，與紅領帶的死神之間的不同。紅領帶的死神，每個都看起來冷冰冰，感覺特別可怕；但有些黑領帶的死神，不僅心地好，還會傷心大哭，就像是人類一樣。聽到妳的說明，我總算恍然大悟，原來他們真的是人類。」他百感交集。

「你見過在你面前大哭的第三部門死神？」

「嗯，她給我的印象很深，所以我還記得她。」

「我想聽，快點告訴我！」詹嘉怡興奮敲敲桌子，迫不及待。

郭禾隆吁一口氣，娓娓道來：「那是我十五歲時的事，有天我坐在路邊休息，不小心睡著了，後來在一個女人的哭聲中醒來，眼前出現兩名黑領帶的女死神，其中一個短頭髮的死神，不斷柔聲安撫坐在我旁邊哭泣的女死神。我原本怕得想離開，卻被她們的對話深深吸引住，於是裝睡偷聽。那名哭泣的死神，似乎是個『新人死神』，她在接走人類亡靈的過程中受到挫折，內心很痛苦，讓我覺得很不可思議，沒想到會有死神為此煩惱。她不僅顛覆我對死神的印象，也讓我做出一件十分後悔的事。」

「什麼後悔的事？」詹嘉怡表情更專注了。

「偷聽的過程中，我得知那位女死神的名字叫『紫蓮』，另一位死神暫時離開時，我偷偷摺了一朵紫色的蓮花，放在她的身旁；我會這麼做，除了是因為覺得她有點可憐，也是因為那時我對黑領帶的死神有一些好感，但事後想想，我還是太衝動了，非常後悔那麼做。」

「為什麼要後悔？也許你送的蓮花，可以給她帶來很大的安慰。」

「但對方是死神啊，要是我那麼做，結果害到自己怎麼辦？不管怎麼樣，我都不應該去招惹死神，免得又有更多人因為我而發生不幸。」

「為什麼這麼說？有人因為你接觸死神，發生不好的事嗎？」

郭禾隆神色凝重，過半分鐘才回答，「第一次見到死神，是在爺爺過世的時候，那年我三歲。根據我母親的說法，爺爺在醫院病逝時，我本來在走廊乖乖坐著，卻突然往醫院的大門口跑，像是在追逐著某人，嘴裡還不斷喊『黑色的叔叔不要帶我爺爺走』這句話。我告訴大人，有看見一個繫紅領帶的黑衣人把爺爺帶走，但大人們認為我在亂說話，沒當一回事。隔月，我的奶奶也過世了，有些親戚開始對我有所忌憚，原本跟我親近的堂哥堂姊，也無法再跟我一起玩。再過半年，堂哥堂姊一家五口出遊時發生車禍，全家都走了。」

詹嘉怡聽明白了，「所以你認為，你奶奶跟堂哥一家人的死，跟你看得見死神有關？」

郭禾隆眼神黯然，沒有否認，「我只是在懂事後開始認真懷疑，是不是因為我從前對帶走爺爺的那位死神不敬，才害得身邊的人接連遭殃，畢竟真的有親戚將我堂哥一家的不幸，怪到我的身上，說我是瘟神；另一方面，我確實常遇上死亡事件，導致我不敢輕易跟任何人建立關係，現在也寧可離開家人獨自生活，但這麼做又好像沒有意義，因為我還是會繼續看見許多不幸。有些在我眼前死去的人，還是跟我無關的陌生人，我又無法說服自己這只是巧合。除了因為觸怒紅領帶的死神，所以遭到詛咒，我真的想不出其他原因。」

感覺到少女伸手輕柔撫摸自己的頭，郭禾隆愕然抬首。

「放心吧，你並不是瘟神。」詹嘉怡笑意淺淺，「死神只會帶走死去的人類，不會詛咒人類。你是因為身上有個秘密，才比一般人容易見到死神，不代表那些人的不幸就是你造成的；不管是在十字路口出車禍的那個小孩，還是你奶奶跟你堂哥一家，只要他們一離世，有死神來接走他們，就代表他們這份命運是注定的，誰都無法改變，所以你無須責怪自己。」
「這是真的嗎？」
「當然，真正的死神跟你掛保證，你還不信嗎？」她燦笑。
郭禾隆喉嚨哽住，心下一片激動，眼眶隱隱發熱。
「這麼說來，你就是因為相信自己是瘟神，才會開始為那些亡者摺白色蓮花的嗎？」
郭禾隆心中一凜，吞吞吐吐，「也不全然是因為那樣……」
感覺到郭禾隆有難言之隱，詹嘉怡體貼地換了話題，「那你剛剛說到，你送紫蓮花給那位女死神的時候，就已經對第三部門的死神產生好感，這是為什麼？」
郭禾隆嘴巴張開，依舊吐不出半個字。
「連這個也不能回答我嗎？」詹嘉怡噘嘴，有點失望，「好啦，再換一題，上次抓你去鬼屋的那群人，還有欺負你嗎？」

「沒有，上次妳那樣嚇他們，我順勢利用這一點進行威嚇，他們後來再沒找我的麻煩。」

「嘻嘻，那太好了。我聽到其中一個男生叫余坤，他為什麼對你這麼過分？你們之間有什麼深仇大恨嗎？」

郭禾隆停頓，語氣無奈，「對他來說是這樣沒錯，因為很久以前，我親眼見到第二部門的死神，帶走了他的弟弟。」

那是發生在他小學三年級的事。

有天郭禾隆上課到一半，突然感應到死神的氣息，發現一名紅領帶的男死神出現在對面的教室前，像是在等候著什麼。

那是郭禾隆第一次看見死神出現在學校，整個人怕得直發抖，學校台上老師注意到他的異狀，出言關心，他一時驚慌，竟脫口說出對面的班級有人會死，老師痛罵他亂說話，同學也嘲笑他，沒多久對面的教室就傳來尖叫聲。

那日死去的是余坤的雙胞胎弟弟，男孩患有氣喘病，上課中突然發病，救護車抵達前就沒有呼吸心跳。

郭禾隆說的話傳到余坤耳裡，余坤勃然大怒，開始將失去弟弟的傷痛發洩到他的身上，狠狠地欺負他；其他同學也對郭禾隆感到害怕，認為他能看見不乾淨的東西。

「原來是這樣。」詹嘉怡將手拄著下巴，「不過，我記得余坤還有說，你連強姦殺人犯都會獻花哀悼，這又是什麼意思？」

沒想到她連這件事都有印象，郭禾隆意外之餘，也在她筆直的注視下，漸漸卸下心防，決定將先前說不出口的話全盤吐出。

在他小學六年級那年，發生過一起駭人聽聞的兇殺案，兩名女大生在交友網站上認識一名男子，最後雙雙慘遭對方性侵並且殺害，男子在逃亡過程中於旅館自盡。

該名男子的女兒廖葶，就是郭禾隆的同班同學。事情發生後，廖葶過一段時間才回到學校，儘管沒人願意親近她，廖葶依舊表現得堅強，沒有在人前掉過一滴眼淚。

有天郭禾隆放學回家，途中想起將作業忘在學校，連忙折回去，發現廖葶獨自坐在未開燈的教室裡，手裡拿著一支已經點燃的打火機。

郭禾隆以為她要做危險的事，緊張地大聲叫她，女孩嚇了一跳，之後才發現是誤會，廖葶使用打火機是為了點蠟燭，她的課桌上擺著一個插著蠟燭的杯子蛋糕，以及一朵摺得很漂亮的白色蓮花。

郭禾隆忍不住問她：「妳在做什麼？」

「慶生。」她輕聲回。

「今天是妳生日？」

廖葶搖搖頭，坦言：「是我爸爸的生日。」

郭禾隆語塞片刻，繼續問：「妳為什麼要在這裡幫妳爸爸慶生啊？」

「因為媽媽不會讓我在家裡幫爸爸慶生，我只能選在學校準備蛋糕，幫他吹蠟燭。我聽說，紙蓮花會載死去的人前往西方極樂世界，所以我想要親手摺一朵給爸爸，但我只有白色的紙，所以摺了白色的蓮花。」

燭火的光影在女孩臉上微微晃動，郭禾隆百感交集，心裡對她湧起一絲同情，忍不住說：「妳一定很難過吧？」

這句問話讓廖葶的堅強迅速瓦解，她斗大的淚珠沾濕臉龐，再也壓抑不住情緒，哭得抽抽噎噎，說出心裡的話。

「我知道……大家都討厭我爸爸，認為他是最壞的壞人。可是，爸爸他平常對我很好，每年生日時，他都是第一個跟我說生日快樂，而且他還會每天幫我複習功課，帶我去遊樂園玩，買很多禮物給我……雖然媽媽叫我永遠都別再提起爸爸，但我還是很想念他，也想在爸爸生日的這一天，祝他生日快樂……」

廖葶的傷心欲絕，令郭禾隆不知所措，最後他走到女孩身邊，指著桌上的紙蓮花，「這朵花要怎麼摺？」

迎上廖葶訝異的眼光，他彆扭地說，「我覺得很漂亮，所以也想學。」

學會紙蓮花的做法後，他們在兩朵蓮花的底座寫上女孩父親的名字，然後一起燒掉，結果被路過的警衛撞見，警衛將此事報告他們的老師，老師再將他們叫去問話，得知原委後，老師原諒了他們，事情卻還是傳到其他同學耳裡，於是兩個人都遭到排擠。

值得慶幸的是，郭禾隆一個月後就轉學了，他擺脫同學的異樣眼光，更擺脫余坤的騷擾，後來也沒有再跟廖葶見過面。

三年後的某個深夜，郭禾隆在睡夢中，聽見有人不斷喚他的名字。

一名容貌清秀，似曾相識的少女出現在他眼前。

聽到少女說她是廖葶，郭禾隆立刻想起了她，同時注意到少女的後方不遠處，竟站著一個模糊不清，僅依稀看得出是繫著黑領帶、穿著黑西裝的苗條女人。

他全身一片冰涼，震驚看向少女，顫聲問：「妳、妳怎麼會？妳身後的那個女人……」

廖葶朝黑衣人看了眼，回答他，「她是來接我的，這位死神姊姊人很好，我苦苦求她讓我見你一面，她就真的幫我找到了你，也帶我來見你了。」

廖葶笑容燦爛，淚光閃爍，哽咽告訴他：「郭禾隆，謝謝你之前陪我摺紙蓮花給我爸爸，謝謝你沒有跟大家一起瞧不起我，很抱歉害你被大家嘲笑。另外，我想跟你說，我喜歡你，終於可以親口對你表明心意，我好高興，能再見到你真的太好了，你要好好保重喔，再見了。」

廖葶跟那名死神消失後，郭禾隆也驚醒過來，望著黑暗的房間，意識到自己在作夢。

他升起不祥的預感，天亮就打電話到以前的小學，請班導打聽廖葶的下落，但沒有說出那場夢的事。

當天中午，他接到老師的回電，老師哽咽告訴他，廖葶昨日在學校出了嚴重意外，不幸過世。

透過老師，郭禾隆聯繫上廖葶的一位好朋友，對方傷心表示，廖葶因為得罪班上的一位女同學，被對方報復，女同學將她父親的事到處散播，導致一群同學開始霸凌她。昨日那群人放學後圍堵廖葶，強押她去廁所，廖葶掙脫逃跑的途中，不慎失足摔下樓梯，頭部受到重創，從此再沒睜開眼睛。

廖葶曾將郭禾隆的事告訴這名朋友，廖葶不僅對郭禾隆心存感激，還因此喜歡上了他。即使郭禾隆轉學了，她也一直希望能再見到他。

聽完廖葶好友的話，郭禾隆這才肯定，昨晚廖葶是特地來托夢給他的。想到廖葶生前的悲慘遭遇，以及最後的願望竟是再見他一面，郭禾隆的心情久久無法平復，腦中盡是廖葶最後的話語和笑容，多日夜不成眠。

那日，郭禾隆憑著已然模糊的記憶，費了一番工夫，才成功用白紙摺出跟當年一樣的蓮花。

在蓮花的底座寫上廖葶的名字，用打火機將紙蓮花燒掉，強烈的酸楚湧上心頭，郭禾隆不禁流下了眼淚。

睡眠不足的郭禾隆，隔天放學後，疲憊地坐在路邊休息片刻，結果一不小心睡了過去。

醒來後，他就遇到那位名叫紫蓮的第三部門死神。

「當我看到她，就想起那天幫廖葶找到我，並帶她來跟我道別的那位女死神。雖然我依舊害怕他們，卻已經不像對紅領帶的死神那樣，心裡只剩下畏懼。再加上這位死神的名字也有蓮花，而我手邊又剛好有紫色的紙，便衝動這麼做了，可能當時的我，除了想安慰她，更想為廖葶表達我內心的感謝吧。」

郭禾隆深吸一口氣，話聲低沉，「從那時起，只要身邊有人過世，無論對方是誰，我都會親手摺一朵白蓮花給對方。當年廖葶哭著對我說的話，影響我很深。對世人來說，廖葶的父親是罪不可赦的惡人，可對廖葶而言，他是全世界最好的父親；再壞的人，都有善良的一面，或是曾經善良的時候，所以我想獻花給那個時候的他們，希望他們能在人生的最後……重回這份善良。當然，這聽起來很自以為是，我也清楚自己這麼做不過是出於自我安慰，想彌補內心的罪惡感。」

「我明白了。」詹嘉怡深深莞爾，雙手交疊在桌上，「謝謝你願意告訴我，聽完你的話，我覺得好驕傲。」

「驕傲？為什麼？」

「因為你也很善良呀，而且你還發現了第三部門死神的好。你要知道，那位死神讓廖葶來見妳，是很危險的事。」

「怎麼說？」他面露好奇。

「第三部門的死神接到亡靈後，必須在規定時間內將對方送去陰間，逾時就會遭到處分，那可能導致自己恢復生前記憶，甚至必須離開死神界，因此大多數的人類死神都不願冒這個險。廖葶能遇到那位善良勇敢的死神，真的很幸運。」她巧笑倩兮。

郭禾隆怔怔然，心中百感交集，喉嚨一片乾澀。

少女的話讓他的心中出現一個猜測，忍不住開口問：「妳莫非也是第三部門的死神？」

「答對了。」她為他鼓掌。

郭禾隆皺起眉頭，「不對啊，妳說過第三部門的死神都是人類，但妳是死神轉生的人類……妳最初到底是死神，還是人類？」

「你猜猜看呀？」她笑得神秘，刻意賣關子。

就在郭禾隆陷入困惑，少女放在桌上的手機突然響起，她伸手接聽，快速說了幾句，就結束通話。

「郭禾隆，不好意思，我臨時有急事，得先離開了，我們下次再見吧。」她從自己的紫色背包裡掏出幾包東西到他面前，「這是我喜歡吃的糖果，送給你，我會再聯絡你的！」

詹嘉怡背上包包離開沒幾步，又突然折回來，雀躍道：「對了對了，上次我把你挑的那副紅色貓面具，送給我的朋友，結果被稱讚了，他相當滿意那副面具，你果然很有眼光！」詹嘉怡說完，頭也不回地跑走了。

郭禾隆愣在原地，注意到桌上那幾包五顏六色的糖果是金平糖。

當晚，郭禾隆在床上將今日聽見的話思考無數回，最後沉沉睡去。

他再度夢見了廖葶的燦爛笑顏。

醒來後，他沐浴在窗外灑進的明亮陽光下，整個人神清氣爽。

他的心情第一次如此輕鬆，彷彿長年壓在心頭的大石已然消失。

儘管還不曉得自己的身上有何秘密，才讓他跟死神扯上關係，但知道自己不是瘟神，就已經讓郭禾隆如釋重負，高興到想哭。

⁂

兩週後，詹嘉怡打給他，宣布一件驚人的消息。

「郭禾隆，你今天可不可以摺一朵紫色的蓮花，來之前我約你見面的那座公園？」

「為什麼突然要這麼做？」

「你不是說，你很感謝帶廖葶來見你的那位女死神？這次你想不想親自跟本人道謝呢？」

「這是什麼意思？」

「讓你送出紫蓮花的那位死神，跟接走廖葶的死神，其實是同一人。」

郭禾隆整個人獃住，不敢相信自己的耳朵。

「妳說的是真的嗎？」

「當然是真的，我已經幫你爭取到跟她見面的機會，錯過這次，你可能就無法再見到她了。我不會勉強你，你自己決定要不要去見她。如果你打算見她，記得不要把我的事說出來喔。」

結束這通電話，郭禾隆天人交戰，不知道該怎麼做。

十分鐘過去，郭禾隆終於下定決心。他跑去打開房間的書桌抽屜，發現沒有紫色的紙張，馬上出門到文具店購買，接著趕往那座公園。

直接在公園裡摺出一朵紫蓮花，郭禾隆繼續坐在長條椅上，忐忑環顧四周，遲遲沒看見穿著黑領帶黑西裝的女子，也沒有感覺到死神的存在。

郭禾隆從白天等到日落，一度快失去耐性，就在他準備打電話給詹嘉怡時，他的眼前驀然出現一道黑色人影。

一對上那人的眼睛，郭禾隆瞬間屏住呼吸，目光不再移動。

最後，他捧著紫蓮花緩緩起身，朝對方走去。

林佩珊，這是紫蓮生前的名字。

她出生在一個平凡的家庭，有爸爸媽媽，還有一個年長她八歲的姊姊，林姿珊。

由於年齡差距大，加上個性截然不同，林佩珊跟姊姊之間有著難以跨越的隔閡。她與姊姊最親近的時候，是她八歲時，姊姊從租書店租了一套熱門少女漫畫回來，並同意分她一起看，白天看不完，姊姊晚上還讓她來房間繼續看，看到最後一集，林佩珊累到在姊姊的床上睡著，姊姊也沒趕走她，還幫她蓋上棉被，不讓她著涼。

長大後，林佩珊對那套漫畫劇情的印象，已變得模糊，卻始終記得女主角的名字叫紫蓮，也記得當年與姊姊窩在房間討論劇情，以及與她一起用紙筆描繪出男女主角畫像，迫不及待跟對方分享的那段時光。

與林佩珊的溫吞乖巧不同，林姿珊自小個性叛逆，敢愛敢恨，天不怕地不怕，且備受父母寵愛，只要林姿珊發脾氣，全家都會舉白旗，向她屈服。

林姿珊十八歲那一年，被發現有了身孕，林佩珊無從得知孩子的父親是誰，每天聽姊姊跟父母爆發激烈口角，最後林姿珊的孩子意外流掉，高中畢業後就離家出走，多年沒有再出現。

林佩珊大學畢業後，父母的身體接連出狀況，她白天工作，晚上忙著照顧父母，雖然辛苦，卻從無怨言，唯一讓她心寒的是，母親不曾將她的奉獻辛勞放在眼裡。當她因為加班晚回家，母親會對她板起面孔，說一些冷嘲熱諷的話；當親戚稱讚林佩珊乖巧孝順，母親也會擺出不以為然的態度，在親戚面前數落她；父親雖然不會這麼對她，卻也不會站出來維護她，父親就和她一樣懦弱膽小，在家裡沒有自己的聲音。

林佩珊向來都很清楚，爸媽最重視的是姊姊，即使姊姊一直沒有回來，他們的心也始終掛在她的身上，但林佩珊沒有氣餒，她相信只要繼續為父母付出，他們遲早會看見她的努力，知道為他們付出最多的人是她，不是姊姊。

林佩珊二十五歲時，經同事友人的介紹，認識了大她九歲的謝恭明。兩人初次見面，謝恭明讚美她有讓人印象深刻的美麗音嗓，希望能多聽見她的聲音，開始積極約她見面。

謝恭明風度翩翩，性格沉穩溫柔，更待她無比體貼，第一次感受到被呵護滋味的林佩珊，無可自拔地深深愛上他。兩人穩定交往一年，林佩珊邀請謝恭明來家裡，正式向父母介紹他。孰料父母一見到謝恭明，竟當場臉色大變，謝恭明一回去，母親立刻痛罵她一頓，威脅她跟謝恭明分手，否則就要她滾出這個家。

林佩珊不明白家人為何如此厭惡謝恭明，遲遲得不到答案的情況下，她傷心不已，天天以淚洗面，當謝恭明安慰她，她也不曾察覺到對方眼底的那一抹不自然。

但更令林佩珊震驚的是，離家多年的姊姊，一個月後提著行李回來了。

林姿珊的歸來，讓父母喜出望外，她就像是變了一個人，一改過去的蠻橫驕縱，不僅主動接手照顧父母，減輕林佩珊的負擔，還幫忙化解妹妹跟父母的衝突，讓林佩珊繼續邀謝恭明來家裡，成功使父母接納了他。

林佩珊過去對姊姊的不平衡及不諒解，在姊姊將她的困境一一解決後，全數化為無盡的感激。

但就從那時開始，林佩珊變得難以聯絡上謝恭明，不是手機打不通，就是過了很久才收到對方的回訊。謝恭明給出的理由是工作忙碌，無法馬上回應，但無論再忙，謝恭明每週都還是會到她家裡拜訪，因此林佩珊沒有多想，繼續沉浸在這份安穩的幸福裡，完全不知謝恭明早有秘密瞞著她。

那段時間，林姿珊也經常來妹妹房間，問她許多謝恭明的事，好奇兩人將來的規劃。林佩珊以為姊姊是真心疼愛自己，才會如此關心她跟謝恭明的進展，因此毫不保留向姊姊透露，希望很快能跟謝恭明共組家庭，生一個可愛的寶寶，結果得到姊姊的大力支持。當時的林姿珊表現的態度是多麼真誠，以致林佩珊絲毫未察覺姊姊的那些關心背後，其實藏著多麼殘酷的心思。

* * *

那年的跨年夜，林佩珊原本預定跟謝恭明去住高級飯店，但他當日卻表示老家有急事，無法陪她。眼看朋友們都沒空，林佩珊決定邀請姊姊，結果姊姊也說自己有約了。

「那間飯店那麼貴，現在又不能退訂了，妳就自己去啊。」林姿珊在手機裡這麼說。

「可是一個人去飯店跨年，不會太孤單嗎？」

「唉，妳這傻瓜，要不是有推不開的約，我絕對會選擇去高級飯店享受。妳不是說，希望過幾年就能跟謝恭明結婚？妳看看如優姊，等妳真的結了婚，還有了孩子，就會像她那樣一天到晚抱怨想回到單身。妳不趁現在多享受一個人的時光，以後就沒機會了！」

林佩珊被逗笑，聽進了姊姊的建議，當天自己住進飯店。

那天晚上她打了數通電話，傳了數則訊息給謝恭明，但直到她入睡，都沒有等到對方的回音。

隔天清晨，林佩珊在來電鈴聲中醒來，她以為是謝恭明，結果竟是姊姊的朋友如優。

「佩珊，妳還在飯店嗎？」

「對，我在飯店，是姊姊告訴妳的？妳怎麼會這時候打給我呢？」

如優沉重開口：「佩珊，妳冷靜聽我說，昨天晚上，謝恭明其實跟妳姊在一起。」

「什麼？」她傻住。

在如優的說明下，林佩珊才得知這個讓她五雷轟頂的消息。

原來從前讓林姿珊懷孕的男人，就是謝恭明。林姿珊畢業後搬出家裡，和謝恭明同居兩年就分手，之後都沒再見過面。

直到林佩珊帶謝恭明回家，謝恭明才知道她是林姿珊的妹妹，卻沒有坦白告訴她，而是繼續隱瞞下去。

如優表示，林姿珊跟謝恭明早已破鏡重圓，如優不忍林佩珊繼續被蒙在鼓裡，決定跟她坦言一切。

林佩珊不願相信這個事實，她打電話給謝恭明和姊姊，都得不到回應。一離開飯店，她就趕往謝恭明的住處，發現沒人在，接著回到家，林姿珊的房間也是空無一人。

她神思恍惚走進自己房間，看見桌上擺著一樣陌生的東西，走上前拿起來，發現那是超音波的黑白照片，一個清晰的嬰孩側面映入眼簾。

兩個小時後，林佩珊再打給姊姊，對方終於接聽了。

「我桌上的照片，是姊妳放的？那是什麼？」她的聲音沙啞無比。

「那是我這星期去拍的超音波照，已經三個月了。」

林姿珊此時回答她的口氣，冷靜到近乎冷血。

「孩子是誰的？」

「妳覺得呢？如優不是已經告訴妳了？妳不會到現在還不明白吧？」

林佩珊劇烈顫抖，淚水模糊視線，破口大罵：「你們欺人太甚！怎麼可以瞞著我跟爸媽，做出這種不要臉的事！」

林姿珊無奈嘆一口氣，「林佩珊，妳真的天真到讓人同情。妳以為我為什麼決定回來？就是媽跟我說，妳跟謝恭明在交往，我才會回家的。我跟謝恭明復合的事，爸媽也早就知情，他們不告訴妳真相，算情有可原；謝恭明不說，是他懦弱，可他再懦弱，還是我愛的男人，也是我孩子的父親。事已至此，妳該接受事實了，謝恭明不知道妳已經發現一切，還在我的身邊睡得香甜。這樣的男人，妳真的還要？」

林姿珊切斷通話，傳一張照片給她，是謝恭明裸身躺在旅館床上熟睡的樣子。

林佩珊陷入崩潰，她將手機砸在地上，衝出房間，歇斯底里朝著父母大聲咆哮，然後奪門而出。她一邊大哭一邊尖叫，不顧一切衝到馬路上，當場被疾速駛過的小客車迎面撞上，在醫院搶救一天，最終回天乏術。

當她成為紫蓮，也想起這一切，她才知道，一直陪伴她的那份生前記憶——超音波照裡的寶寶，原來根本不是她的孩子。

這次回家，那個孩子已經出世，林姿珊跟謝恭明也結了婚，還用她的房間當夫妻房；家裡牆壁掛的照片，沒有一張有她的身影，她的一切全被抹煞得乾乾淨淨，彷彿從一開始就不存在於這個地方。

紫蓮於是明白，無論生前，還是死後，她都不曾被身邊的人在乎過。

得知林姿珊跟謝恭明的兒子病重，看見林姿珊因為兒子而流淚，她才知道原來林姿珊也會有那樣的表情，向來無所畏懼的她，如今也有了不能失去的事物。

找回記憶的第一天，紫蓮便一直思考，林姿珊決定用那種方式傷害她時，心裡在想什麼？是什麼原因，讓她不惜對自己的親生妹妹如此殘忍？是從一開始就厭惡她？嫉妒她跟謝恭明在一起？還是為了讓肚子裡的孩子有個完整的家，才這樣狠心將她推落地獄？

直到看見在謝恭明懷裡傷心哭泣的林姿珊，紫蓮覺得這一切都不重要了。因為她知道，無論林姿珊是為了什麼而這麼做，她都只會覺得淒涼可笑。

自那天起，紫蓮每天都去謝紹文住的醫院，看著男孩從昏迷不醒到恢復意識，最後轉去普通病房。

全家人悉心呵護男孩的模樣，讓她知道這孩子多麼備受寵愛。紫蓮也觀察到，謝紹文十分聰明伶俐，也許是自小就生病的關係，他比一般的同齡孩子還要來得貼心懂事。

某日，林姿珊在兒子入睡後，離開病房與醫生談話，站在一旁的紫蓮，這時來到床邊，近距離凝視男孩的睡顏。

儘管男孩的復原狀況乍看良好，身為死神的紫蓮仍能感覺到，這孩子的生命即將來到盡頭。

對紫蓮來說，謝紹文罹患絕症，或許就是降臨在林姿珊身上的報應，但若要讓林姿珊真正痛不欲生，她深知最好的報復，就是在謝紹文病逝之前，在林姿珊眼前用最殘酷的方式親手殺了他。

只是這麼做將會付出怎樣的代價，她非常明白。

默默注視男孩許久，紫蓮拉起左邊的袖口，用紅線輕觸男孩的臉頰。

男孩的眼皮微微一動，接著張開，一雙酷似林姿珊的眼睛，不偏不倚地對上她。

「阿姨，妳是誰？」謝紹文用軟軟的嗓音開口，眼中充滿好奇，一點也不怕生。

「我是死神。」

「死神是什麼？」

「就是將死去的人，接到另一個世界的人。」

「那死神阿姨是來接我的嗎？」

紫蓮目光不動，不確定他是否真的明白，「你認為我是來接你的嗎？」

「嗯，因為我生了很嚴重的病，媽媽說只是小病，但我幼稚園朋友的媽媽，是這間醫院的護理師，他在家裡有聽到他的媽媽跟他爸爸說，我的病治不好，已經活不久了。」

「那你害怕嗎？」

「不怕。」

「真的？」

「嗯，我們家以前有養一隻叫紫蓮的狗狗，去年牠生病死掉了，媽媽說牠去了另一個世界。如果我也去那裡，是不是就可以見到牠了？我真的好想念牠。」

「你說你養的狗狗叫什麼？」

「紫蓮。」

她過了半晌才再出聲，「這個名字是誰取的？」

「我媽媽取的。」男孩笑了一笑，目光定格在她的臉上，「死神阿姨，妳長得好像我外婆，我看過外婆年輕時的照片，妳們的臉一模一樣耶。我外婆叫李美惠，妳叫什麼名字？」

「我沒有名字。」

「喔。」他抿抿嘴，繼續問：「死神阿姨，我去妳說的另一個世界，是不是就可以見到紫蓮了？」

「我不確定是不是真能見到紫蓮，但你若真的去另一個世界，就無法再見到爸爸媽媽，還有外公外婆了，這樣你不會難過嗎？」

謝紹文遲疑了一下，堅定搖頭，「嗯，沒關係。媽媽為了我，已經很久沒有好好吃飯，也沒有好好睡覺。媽媽說，只要我能好起來，她就不會覺得累，可是我已經不會好了，不想要讓她一直辛苦。只要我死掉，媽媽就不必再照顧我，也不用繼續跟爸爸在一起了。」

「不用繼續跟爸爸在一起……這是什麼意思？」

謝紹文像是完全對她放下戒心，老實回答：「我有聽到外婆跟別人說，爸爸做了讓媽媽傷心難過的事，但因為要照顧我，他們兩個才沒有分開，我不想讓媽媽繼續難過，所以想快點去找紫蓮，這樣爸爸跟媽媽就能分開了。」

紫蓮在這段話中怔愣住。

聽見病房外有腳步聲靠近，紫蓮叮嚀男孩，別把她在這裡的事說出去。

下一秒，醫師跟護理師走了進來，卻不見林姿珊，只有林父跟林母。

醫師幫男孩做檢查，發現他一直在注意窗邊，也跟著望向窗戶一眼，卻什麼也沒看見，笑問男孩究竟在看什麼。大家好奇的反應，讓謝紹文知道，除了他，沒人看得見站在窗邊的紫蓮。

「外婆，媽媽呢？」男孩問。

「媽媽去休息，外婆來陪你，你爸爸馬上就來了。」林母柔聲說完，謝恭明就抵達了，林母急著把他拉出病房外說話，紫蓮跟著出去，從林母口中聽到林姿珊疑似操勞過度，方才跟醫師談話到一半突然昏厥過去，現在在別的病房休息。

隨著謝恭明的倉促腳步，紫蓮來到林姿珊所在的病房，臉色蒼白的林姿珊躺在病床上沉沉睡去，神情疲倦的謝恭明在身邊看顧，不久接到一通電話，匆匆走出去接聽，紫蓮來到他身後，謝恭明講電話的語氣及內容充滿濃情蜜意，彷彿在和情人說話。

紫蓮恍然大悟，謝紹文剛才的話，原來是這個意思。謝恭明在外面有了女人，而且林姿珊也知情。

回到謝紹文的病房，男孩在檢查過程中身體不適，一邊劇烈咳嗽一邊哭泣，白髮蒼蒼的林父跟林母看著孫子痛苦，不捨地紅了雙眼，看起來既失措又無助。

看著這一幕，紫蓮離開病房，卻站在門口一動也不動。

「紫蓮前輩？」

身邊的呼喚，讓紫蓮猛然回神，水言竟也在這間醫院。

水言走近她，看一眼紫蓮身後的病房門，「妳在執行任務嗎？」

在醫院，一樓正門是唯一的昤門，要接走在這裡過世的亡靈，就必須送亡靈至大門，如果水言認為她來執行任務，卻沒發現她身邊有亡靈，必然會覺得奇怪，因此紫蓮用聽起來合理的解釋，鎮定說道：「我是來為晚上的黑單任務做準備，有一項任務，我覺得危險性挺高，所以先來附近探點，好讓任務能順利進行。我還有別的任務要趕去進行，先走了。」她越過水言，快步離去。

來到過去跟Maya見面的高樓，紫蓮仰頭望著絢爛的晚霞，想起Maya最後留給她的話。

成為死神後，我面對無數次的死亡，漸漸明白許多事情的答案，其實無法用正確與否判斷，而是用是否值得來決定。

如今思及這句話，紫蓮才明白，Maya 或許早已料到她有一天也會恢復記憶，才會如此告訴她。

紫蓮眼神空洞，最後輕輕笑了。

這段日子，她所看到的林姿珊，是之前不曾見過的林姿珊。

林姿珊對待謝紹文的態度，讓紫蓮知道，如果能用自己的命來換兒子的命，林姿珊是會毫不猶豫同意的。

這算什麼呢？

不惜背叛親妹妹，也要得到的幸福，竟然是這樣嗎？

不惜親手害死了她，也絕不肯放手的幸福，竟是這樣不堪一擊嗎？

她就為了這一段短暫脆弱的幸福，永遠失去了自己的人生嗎？

目睹林姿珊的下場，紫蓮以為自己會覺得一陣痛快，但卻是流下更不甘心的淚水。

這一刻，她不再追究他們為何要傷害她，只恨自己為何這麼傻？她一生都在強求得不到的愛，讓自己的世界充滿別人，只為別人而活，直到死了以後才明白，她真正該珍惜在乎的人，是她自己。

看了無數次的死亡，紫蓮有多少次為那些無辜枉死的可憐亡靈落淚，此時對自己的結局就有多麼悲痛欲絕。她蹲在地上嚎啕大哭，心中充滿悔恨。

不值得。

為了不值得去愛的人，斷送自己的人生，真的太不值得。

「倘若前輩妳真的恢復生前記憶，無論妳生前有怎樣的人生，我希望這次妳能為自己『真正的』人生最後，做出對妳最好、也最值得的抉擇。這是只有我們才有的機會，請妳一定要好好把握。」

腦中響起水言的話，紫蓮整個人入定許久。

當夜幕低垂，她才伸手擦去臉上的淚水，踏著虛浮的步伐離開大樓。

之後的三天，紫蓮依然會去醫院。

但她只是在病房角落靜靜看著謝紹文，沒有任何行動。

到了第四天，她趁著男孩一個人時，再度開啟他的天眼，讓他看見她。

「死神阿姨！」謝紹文喜出望外，開心叫出來。

紫蓮一時呆掉了。

「你記得我？」

他雀躍點頭，「我記得，我一直在等死神阿姨！」

紫蓮震驚不已，從來沒有人類會記得死神超過一天，謝紹文應該早就忘了她才對。

「死神阿姨，妳要接我了嗎？」

「沒、沒有。」她不小心結巴。

「那妳今天為什麼會來？」

「因為……」紫蓮思緒停滯，低下頭來，用幾不可聞的聲音喃喃說，「我不知道，我也還在尋找答案。」

「死神阿姨，妳說什麼？我聽不到。」

「沒有，我沒說什麼。你為什麼說你一直在等我？你真的希望我馬上把你接走嗎？」

「不是，我只是不想讓其他死神接走我。」

「其他死神？什麼意思？」

謝紹文張了張嘴，像是發現自己不小心說溜嘴，一臉慌張，「我答應死神叔叔不會說出去。」

「死神叔叔？」紫蓮吃了一驚，「你是說，除了我之外，有其他死神來找你？什麼時候？你偷偷告訴我，死神阿姨會幫你保密。」

紫蓮的再三保證，男孩決定鬆口說出，「上次死神阿姨來看我之後，隔天也有一個穿黑西裝的叔叔來看我，他也說他是死神。」

紫蓮非常訝異，直覺先想到第二部門的死神，「他是不是繫紅色的領帶？」

「不是，是跟死神阿姨一樣的黑色領帶，那個死神叔叔的頭髮是白色的，臉上還戴著白色的貓咪面具喔！」

「面具……？」她眉頭微擰，當下沒有察覺到什麼，「所以你不知道他長什麼樣子？」

「我知道，死神叔叔有摘下面具給我看，他的這一隻眼睛是紫色的。」他指著自己的左眼，雀躍不已。

聽到這裡，紫蓮幾乎認定男孩是在胡言亂語，「你是不是因為見到了我，才會不小心夢見這樣的死神？」

男孩聽出她的質疑，於是大聲澄清，「我沒有說謊，我是真的看見了死神叔叔，不是做夢夢到的！」

儘管紫蓮仍沒相信男孩的話，但怕他太過激動，影響到身體，因此先安撫他，「我知道了。那麼，死神叔叔說要接走你嗎？不然你為何會那麼說？」

不知是氣她不相信他，還是覺得不能再說下去，謝紹文抿緊嘴唇，不肯再開口。

男孩委屈的面容惹人憐愛，紫蓮情不自禁軟下聲音，「你是真的很想再見到我嗎？」

他望她一眼，點點頭。

「為什麼？」

「因為我喜歡死神阿姨，想再跟死神阿姨說話，還想給妳看一張照片。」

男孩從枕頭底下拿出一張護貝照，遞到她的面前。

照片裡的謝紹文，抱著一隻繫著白色蝴蝶結項圈的博美犬，人和狗都十分可愛。

看著照片，紫蓮很快猜到，「這隻小狗就是紫蓮嗎？」

「對，紫蓮是我的寶貝，我最喜歡牠了，所以我想跟死神阿姨分享！」

他重新展露純真的笑顏。

紫蓮心裡湧起一股難以言喻的感受，她繼續拿著照片，低聲問：「你媽媽有沒有告訴你，她為什麼會想幫牠取名為紫蓮？」

「有，媽媽說，她以前最喜歡的漫畫女主角，名字叫紫蓮，所以她決定取這個名字！」

這個答案讓她有些意外，很快想起小時候窩在林姿珊的房間，兩人一起徹夜看漫畫的回憶。

「那你有沒有聽媽媽說過，你其實有一個親阿姨？」

男孩停頓，搖首，「沒有，爸爸跟外公外婆也沒說。但是媽媽的朋友如優阿姨有告訴我，媽媽以前有一個妹妹，叫佩珊，她是我的阿姨，佩珊阿姨在我出生時發生車禍，已經不在了。如優阿姨叫我不要在媽媽他們面前提到佩珊阿姨，因為他們會傷心。」

聞言，紫蓮沉默，知道如優是為了不忍讓男孩知道真相，才說出這種謊言。

「死神阿姨，妳認識我媽媽嗎？」

她吃了一驚，但沒讓男孩看出來，「為什麼這麼問？」

「因為妳常常說起我媽媽，好像認識她一樣。」

被男孩的那雙聰穎眼睛直勾勾注視，紫蓮忽然發現自己說不出違心之論。

「死神阿姨，妳是不是也討厭我媽媽？」

紫蓮聽出弦外之音，好奇道，「有誰討厭你媽媽嗎？」

「我的爺爺奶奶，還有姑姑，都不喜歡我媽媽。我有聽到奶奶跟外婆吵架，媽媽肚子有我的時候，就被醫師叔叔發現我不健康，勸媽媽不要生我，可是媽媽不肯聽，所以奶奶覺得是媽媽故意讓我生病的。如果媽媽不生下我，現在就不用辛苦照顧我，爺爺奶奶也不會討厭她，爸爸也不會做出讓媽媽傷心的事了。」

紫蓮開口回應他前，謝紹文眼眶一紅，露出泫然欲泣的表情。

他抽抽噎噎，對紫蓮哭了起來，「阿姨，妳可不可以不要討厭我媽媽？

如果媽媽對妳做不好的事，惹妳生氣，我幫媽媽跟妳說對不起。我不跟死神叔叔走，只跟阿姨走，所以妳原諒我媽媽，好不好？」

紫蓮因震驚而呆滯住，下一秒就從男孩的眼前消失無蹤。

她站在醫院的門口，清楚聽見自己的心跳聲，喉嚨發乾。

這是怎麼回事？謝紹文為什麼要對她說那樣的話？

為什麼他好像什麼都知道了一樣？

男孩哭著向他懇求的可憐模樣，讓紫蓮感受到強烈的心痛，忍不住當場落荒而逃。

她蹲在醫院門口，臉上漸漸爬滿了淚水，摀嘴啜泣起來。

為何她的生前記憶偏偏是謝紹文？

成為死神的這五年來，儘管沒有這個孩子的其他記憶，但她一直都相信那張超音波照裡的孩子，就是她的孩子，所以即使阻止自己深入思考，她還是對這孩子產生了感情，更情不自禁地想像著他長大的模樣。

無論傷心或快樂時，這孩子都在記憶裡陪伴著她。

縱使最後，她發現他是害自己失去一切的孩子，也曾經希望他能永遠消失，這一刻紫蓮卻還是壓抑不住悲傷，也為了男孩的眼淚而心碎。

她於是明白，這段日子自己會一直出現在男孩身邊，或許並不是因為想藉由他加深向林姿珊復仇的決心，而是因為她想看見男孩的笑臉，想聽男孩說話的聲音。

不管謝紹文是否真的知道了什麼，又為什麼能夠清楚記得她？紫蓮都已經失去繼續面對男孩的勇氣，無法再直視那雙純真的眼睛。

決定不再去見謝紹文，紫蓮雖然鬆一口氣，整個人卻也就此失去方向。

她徹底把自己封閉起來，變得像是沒有靈魂的軀殼。

到後來，她甚至開始跟更多死神交換黑單任務，不惜把自己丟入危險之中，也想要忘卻這一切。

紫蓮這樣的行為，一直被水言默默看在眼裡。

有一天，水言來到她的身邊，手裡拿著一份白色的卷宗。

「紫蓮前輩，請妳看一下這份白單。」

紫蓮不明所以，伸手接過那份卷宗翻開，死亡名單上的名字，讓她整個人入定，腦袋空白。

「這是我今天收到的任務。」水言告訴她，「今晚六點九分，這孩子就會離開了。」

紫蓮的耳邊嗡嗡作響，她死死盯著「謝紹文」這個名字，慢慢讀完整份資料，男孩的病情急速惡化，已經撐不下去了。

紫蓮竭力穩住心神，面無表情問，「與我何干？為什麼要給我看？」

「謝紹文是前輩認識的人吧？我知道妳之前不只一次去醫院看過他，如果妳想親自送走這孩子，我可以把這項任務讓給妳執行。」

「妳胡說什麼？我並沒有想這麼做。這是妳的任務，妳不用讓給我！」紫蓮口氣冷冽。

水言默然，淡淡道：「我知道了。」

親手在謝紹文的單子上簽上名字後，水言就離開了辦公室。

紫蓮恍惚癱坐在椅子上，兩手撐著額頭，動也不動，任憑時間一分一秒過去。

「因為我喜歡死神阿姨，想再跟死神阿姨說話。」

「我不跟死神叔叔走，只跟阿姨走，所以妳原諒我媽媽，好不好？」

紫蓮紅著眼眶猛然抬頭，準備起身衝出辦公室，卻看見應該已經在醫院裡的水言，快速來到她的面前。

「紫蓮前輩，請妳現在跟我來。」水言嚴肅看著她。

紫蓮愣住，「怎麼了？」

「任務有狀況，我需要妳的協助，拜託妳跟我來。」

紫蓮隨著水言來到謝紹文住的加護病房。

躺在病床上的男孩雙眼緊閉，失去意識，家人全守在他的身邊。林姿珊緊緊握著兒子的手，哭得激動，嘴裡不斷呼喚他的名字。

水言告訴紫蓮：「五分鐘前，謝紹文就應該要走了，但不管我怎麼召他的名字，這孩子的靈魂就是沒有出現。」

紫蓮大吃一驚，「妳說什麼？這怎麼可能呢？」

「是真的，不信妳看。」水言當場示範，男孩的靈魂果真沒有出現。

「怎麼會這樣？難道他的靈魂逃走了？」紫蓮難以置信。

「不，我從頭到尾都守在謝紹文的身旁，很確定這不是靈魂逃跑的情況，我也是第一次遇到這樣的事。紫蓮前輩，我知道這個要求很唐突，但妳能不能召他一次看看？也許妳可以讓謝紹文出現。」水言鄭重提出請求。

紫蓮腦中混亂，最後接受了水言的建議，來到男孩身邊仔細看著他。

「謝……」才一開口，她的聲音就哽住了，「謝紹文，時辰已到，請隨我行。」

男孩不動的身軀，開始出現一縷柔和的白光，小小的靈魂慢慢出現在兩人面前。

「佩珊阿姨！」

謝紹文一見到紫蓮，立刻撲上去緊緊抱住她。

紫蓮一度以為自己聽錯，顫聲問：「你知道我是誰？」

他仰起開心的小臉，「對，佩珊阿姨第一次來找我的那天，如優阿姨有來醫院看我，我把碰到妳的事告訴她，我說妳長得像外婆，聲音非常好聽，如優阿姨就想到了妳，拿出妳跟媽媽以前拍的照片給我看，我才知道妳就是我的阿姨！」

紫蓮更加震驚，「所以你明明都知道了，上次卻故意不告訴我，你為什麼要這麼做呢？」

「因為死神叔叔偷偷跟我說，如果想讓佩珊阿姨帶我去找紫蓮，就不可以再跟其他人說看見死神的事，更不能讓妳發現我已經知道妳是佩珊阿姨，只要我遵守跟死神叔叔的約定，每天一直想著佩珊阿姨，他跟別的死神就無法帶走我了。」

謝紹文眉眼彎彎，不無驕傲地說：「佩珊阿姨，我每天都有想妳，現在也沒有跟其他死神走，我做到跟死神叔叔的約定了，所以妳不要生我媽媽的氣。如果妳一個人覺得寂寞，以後我跟紫蓮就一直陪妳，好不好？」

淚水讓紫蓮再也看不清男孩的面容，她彎身緊緊擁住他，哭了出來。

牽著男孩的手離開病房時，紫蓮發現男孩依依不捨看著趴俯在病床邊，放聲痛哭的林姿珊，同意男孩過去抱住母親，跟她做最後的道別。

「佩珊阿姨，我們要去哪裡找紫蓮？」

前往醫院大門的途中，男孩好奇問她。

「你不用去找牠，紫蓮已經來接你了。」紫蓮微笑說完，前方就傳來小狗的叫聲。

一隻戴著白色蝴蝶結項圈的博美犬，出現在醫院走廊上，正向他們迎面奔來。

謝紹文驚喜衝上前抱起小狗，開心地用臉頰磨蹭牠，回頭向紫蓮喊，「佩珊阿姨，牠就是紫蓮，紫蓮真的來接我了！」

「是呀，紫蓮會陪你去更漂亮的地方，你們不會再分開了。」紫蓮的眼神十分溫柔。

兩人踏出醫院大門前，男孩仰起臉，甜甜對她說一句：「佩珊阿姨，我最喜歡妳了。」

穿過醫院大門，紫蓮牽在手裡的溫暖小手，已經消失不見。

嚥下喉嚨的濃烈酸楚，紫蓮轉頭朝後方一望，對上水言的眼睛。

「紫蓮前輩，我沒想到妳會讓謝紹文見到那隻小狗。若是前陣子的妳，是不會這麼做的。」水言的眼神透出深深欣慰。

「是啊。」她闔上濕潤的眼睛，再緩緩張開，「妳已經在謝紹文的單子上簽名，結果卻是我送走了他，我們兩人可能都會遭到處分。」

「那倒未必，我召不出謝紹文的靈魂是事實，會逾時也是不得已，只要有順利送走謝紹文，我相信第一部門不會降罪我們。就算真的受罰，我也覺得很光榮。」水言唇角一勾，「紫蓮前輩，謝謝妳的協助，妳讓我看見了奇蹟。」

紫蓮的目光停在她臉上，「妳早就知道我恢復生前記憶？」

「對，雖然妳起初否認，但我猜到妳隱瞞了事實，便一直暗中觀察妳。看到妳和一位女死神交換五份黑單，再看到妳去醫院見謝紹文，我便相信妳想起一切，不然妳沒理由這麼做。如果讓妳覺得不舒服，我向妳道歉。」

紫蓮沒有打算怪她，因為她現在更在乎另一件事。

「我不明白，明明人類不可能記住死神，為何謝紹文卻能一直記得我？還有，謝紹文堅持見過留白髮的男死神，對方還是來自第三部門。如果他說的是真的，為何我從沒見過，也沒聽說過有這個人呢？」

「謝紹文這樣告訴妳？」

「對，他說除了我，還有一位自稱是第三部門死神的男死神也去看過他，對方不僅戴著白色的貓面具，左眼還是紫色的……我實在想不通這是怎麼回事？」

水言怔忡半晌，平靜的話聲有了一絲起伏，「前輩，我想我知道謝紹文說的死神是誰。」

紫蓮詫異，「真的嗎？」

「對，我猜他就是賦予我們紅線，讓我們成為死神的那個人。」水言語出驚人，「我記得我初次見到那位，就是看到他戴著一副貓面具，卻不知道他有一頭白髮。我跟其他人討論過他，發現大家對那個人的印象都不盡相同，有人只記得他戴面具，或是他的聲音；有人對這兩者皆有印象，卻也有人連對方是男是女都不清楚，紫蓮前輩，妳記得當初見到的那位嗎？」

隨她的問話，紫蓮馬上想起她在虛無之海遇到的那名神秘男人。

對方當時確實戴著貓面具，還有一頭宛如月光般的白色頭髮……

紫蓮叫了一聲，不禁掩住嘴巴，用力點頭，「我想起來了。沒錯，那位確實留著白髮，臉上也有戴著貓面具，我一直以為他是其他部門的使者……所以謝紹文見到的死神真的是他？他和我們的關係到底是什麼？」

「我相信他是我們的主管，也就是創立死神第三部門的人。」水言再次投下震撼彈。

紫蓮瞳孔瞠大，緊緊盯著她，「妳為何會怎麼說？我們部門的主管不是失蹤很久了？水言，妳是不是知道些什麼？不然妳怎麼會有這樣的猜測？」

水言沒有回答，當場召出幾份黃色的卷宗，交給紫蓮。

黃卷宗只有在呈報上級時才會使用，紫蓮覺得奇怪，翻開一看，發現每一份都是寫得滿滿的報告書，內容皆與紫蓮有關，連謝紹文的事也在其中。

讀完所有內容，紫蓮激動不已，呆呆望著她，「水言，莫非這是妳……」

「對，是我親筆寫給上級的請願書，但不是給第一部門，而是給我們部門的主管看的。這是Maya長官給我的建議，他說，如果我有無法向第一部門提出的訴求，可以試著寫一份請願書，放在我們主管室的桌上，如果運氣好，我們的主管或許有機會收到，所以在妳第一次跟別人交換黑單任務時，我就開始這麼做了。」

她嚇了跳，「妳說這是Maya給妳的建議？妳跟Maya接觸過？」

「有的，我恢復生前記憶後，不確定若向上級隱瞞不報，是否有違規的問題，所以私下找Maya長官談過。」

水言說出的一連串驚人消息，讓紫蓮一度無法反應。

「Maya他……以前告訴過我，現在的第三部門，有一位恢復生前記憶，卻選擇留下來的死神，那個人難道就是水言妳嗎？」

水言微笑承認，「是的，成為死神的第二年，我就全想起來了。大家對恢復記憶的死神避之唯恐不及，我不知能跟誰商量，最後想到了Maya長官。我跟他說，就算想起一切，還是想繼續當死神，因為我在第三部門有想做的事情，他聽完我的想法，很支持我的決定，也答應幫我隱瞞大家。這兩年來，我一直照著自己的方式執行死神任務，雖然因此跟前輩妳決裂，可是我不曾後悔。」

紫蓮的眼睛遲遲無法從水言的臉上移開。

「妳想在第三部門做的事，莫非就是妳之前說的，妳想幫助死去的人類？為什麼會想這麼做呢？」

水言深呼吸，闔眼娓娓道來：「紫蓮前輩，我是被人殺害的。我的閨蜜跟男友同時背叛了我，我在男友家跟閨蜜大打出手，被她用鈍器砸破了頭，人就這麼死了。我為了逃離管教嚴厲的父母身邊，高中時就跟男友在一起，把他跟閨蜜當作我的一切。我生前不曾得到父母的肯定，沒有任何熱情跟目標，還罹患憂鬱症，說是最失敗的人生也不為過。但沒想到的是，我活著的時候找不到的目標，卻在死後找到了。想要盡我所能幫助遇到的亡靈，完成他們最後的心願，這就是我想在第三部門做的事。」

水言語氣緩慢而溫柔，「坦白說，我也跟翡翠前輩一樣動過復仇的念頭，可是當死神的這些日子，讓我獲得很大的衝擊和啟發，每天看著人類在眼前走向死亡的過程，看盡人間的各種悲歡離合，發現世間比我悲慘的人不計其數，這使我漸漸放下心中的怨恨；但，我並不是原諒了那些傷害我的人，而是不甘心讓我死後的人生，繼續被同個人毀掉，對我而言，沒有比這更不值得的事。」

水言這番話引起紫蓮強烈的共鳴。

她的內心波濤洶湧，竟不知不覺熱淚盈眶。

「如果沒有成為死神，我不會有這樣的想法，也不會決定原諒生前無能的自己，所以我真心感謝我們主管，因為是他讓我有機會改寫自己的人生結局。而幫助我找到目標的人，是紫蓮前輩妳。」

「我？」她一怔。

「對，我跟著妳的那段時間，妳嘴上叮嚀我，叫我別對人類亡靈付出感情，可是我知道，妳其實會瞞著翡翠前輩，接受亡者的託付，實現他們最後的願望。妳會一邊為他們哭泣，一邊對他們伸出援手，同時為了保護我，禁止我如此做。那樣的妳讓我無比敬佩，也無比心疼。雖然到後來，妳也讓自己變得冷酷，漸漸不願再為人類付出，可妳仍是影響我最深的人。因為妳，我才確定自己想成為怎麼樣的死神，妳讓我覺得，倘若我死去時，可以遇到妳這樣的死神，是很幸運的事，所以我決定向妳看齊，而我也在這麼做的過程中，得到前所未有的成就感跟快樂，我一直很感謝妳。」

聽到這裡，紫蓮情不自禁流下了眼淚。

她沒有想到水言竟是這樣看待自己，更沒想到會從她口中聽見這樣的話。

「可是我不明白，妳為什麼要為我做到這個地步？妳是真的把這份請願書放到主管室了？」她還是覺得難以相信。

「對，因為我是真心想幫助前輩，當我發現妳恢復生前記憶，還不斷跟別人交換黑單任務來做，真的很怕妳會跟翡翠前輩一樣，走上自我毀滅的路。但光靠我一人幫不了妳，所以才出此下策，這是Maya長官在離開之前留給我的建議，一開始我半信半疑，畢竟我們的主管從沒出現過，更不曾關心過我們，加上大家都說擅闖主管室會被重懲，所以我曾以為Maya長官是在開玩笑，直到我發現第三部門的禁忌，很多都是空穴來風，便改變了想法，決定放手賭賭看，持續把請願書偷偷交到主管室，請求我們的主管和我一起幫助妳。」

水言不惜冒著被處分的風險，也要幫助她的這份心意，讓紫蓮感動得說不出話，洶湧的淚水更讓她看不清對方的臉。

「Maya長官還對我透露過一個秘密，創立死神第三部門的人，其實不是森未部長，而是我們的主管，而且大家都已經見過他了，我一直想不通這句話。直到聽了妳剛才說的那些，我才恍然大悟，當初賜予我們死神身分的那個人，就是我們的長官，大家來到第三部門前也都會見到他；謝紹文會記得妳，必然就是因為他，這證明我們主管真的收到了我的請願，也決定幫助妳，不然他不會去見謝紹文，妳說對不對？」

儘管這只是水言單方面的臆測，但紫蓮也已經認定她說的就是事實。

紫蓮無法止住淚水，話聲哽咽，「我現在真的不知道該對妳說些什麼才好，我對妳明明就是個失敗的前輩，連妳恢復生前記憶，都不能成為妳的商量對象……」

「請妳別這麼說，我只是站在客觀的角度，覺得找 Maya 長官談最適合，並非不信任妳。起初我也會不安，但想到自己都已經死過一次，就沒什麼好怕的了。我深深慶幸我有這麼做，否則我不會發現 Maya 長官原來是那樣好的人，也不會知道我們主管其實有在關注著每一個人，而非是拋棄了我們。」

語落，水言對她露出一抹意味深長的神秘微笑，「紫蓮前輩，妳知道嗎？其實我今天還有收到一份特別任務，是 Maya 長官為妳準備的，我現在把它交給妳。」

她朝紫蓮走近一步，伸出戴著紅線的手，輕輕覆蓋住紫蓮的雙眼。

紫蓮的視線一從黑暗轉為光明，眼前就變成截然不同的景象。

原本跟水言在醫院門口的她，現在卻獨自站在一座寬廣的寧靜公園裡。

一名像是大學生的青年，就坐在她正前方的長椅上。

兩人四目交接的這一刻，紫蓮看見他手裡拿著一朵紫色的花，不禁瞠大雙眸。

男子起身緩步走向她，小心翼翼探詢：「請問，您是紫蓮死神嗎？」

妳一定能與送妳紫蓮花的人重逢。

紫蓮動彈不得，腦袋空白，怔怔對男子點頭。

「您好，我叫郭禾隆。」他神態緊張，慎重自我介紹，一雙深邃黑眸認真望進她眼底，「不知道您是否還記得，五年前，您曾經接走一位15歲的女孩，她叫廖葶，當年您特地帶她來到我的夢裡，讓她親口向我道別。我一直很感謝您，謝謝您當時冒險答應她的請求，實現她最後的願望。」

聽完他的敘述，紫蓮先是茫然，最後漸漸想起一張模糊的青澀面孔。

儘管已是五年前的事，她對男子口中的「廖葶」卻有印象，因為那是她第一個親手接走的少女亡靈。

身為殺人犯父親的女兒，廖葶在學校遭到同學的嚴重霸凌，在逃跑過程中，從樓梯上摔下，頭部遭到撞擊，當場死亡。

接到廖葶的靈魂後，廖葶苦苦哀求紫蓮，讓她向心儀的男孩道別。當上死神不久的紫蓮，實在不忍拒絕這命運堪憐的女孩，便答應讓他們見面，最後廖葶開心向紫蓮鄭重表達謝意，說她已經沒有遺憾。

女孩幸福滿足的笑容，還有她最後的那句話，深深烙印在紫蓮的心中。

想起這段回憶，紫蓮再也掩不住震驚的情緒，「你就是廖葶當時見的那個男孩？送我紫蓮花的人也是你？你是知道我的名字，才會送我那朵花的嗎？」

「是的，我也是直到今天，才知道帶廖葶來找我的死神，跟當年我在路邊偶然遇到的死神，原來是同一位。」郭禾隆點頭。

紫蓮心中一片激盪，不敢相信竟然有這樣的巧合。

「可是，你是怎麼會知道那都是我？而且你明明是人類，為什麼能看得見我呢？」

郭禾隆語帶遲疑，「這說來話長，也一言難盡，請原諒我無法對您詳細說明原因。有人讓我知道您的事，並告訴我您今天會出現在這裡。我無論如何都想為廖葶的事，親口向您道謝，我真心認為廖葶能遇見您很幸運，謝謝您幫助了她。無論多久，我都不會忘記您為她做的事。」

他將手裡的紫蓮花遞給她，紫蓮雙手接過，鼻頭湧上酸楚。

她所做的事，原來不是徒勞無功，而是有意義的。

郭禾隆的感謝，讓她覺得過去所承受的一切痛苦，全都值得了。

「謝謝你。」紫蓮的淚水滑下臉龐，唇角高高勾起，「你送我的蓮花，給我很大的力量，我很高興能見到你，真的。」

郭禾隆也揚起了笑容，接著向她伸出一隻手。

紫蓮停頓，慢慢回握住那雙手，對方掌心的溫度一傳遞到她手中，男子的面容就轉瞬消失，變成另一幕景色。

◆ ◆ ◆

她回到了水言的身邊，地點卻已經不是在醫院前，而是她所熟悉的那棟高樓，餘暉將視線所及之處染上一片溫暖的顏色。

「紫蓮前輩，歡迎回來。」

水言看著她手裡的紫蓮花，微笑道，「妳收到Maya長官給妳的禮物了嗎？」

「嗯。」紫蓮抬手抹去臉上的淚，心中滿是幸福，「謝謝妳，水言。我現在終於理解妳當初教訓我的那些話。這是我第一次覺得自己可以成為死神，真的太好了。」

「能聽妳這麼說，我很榮幸。」水言漸漸收起笑容，正色道，「前輩，妳接下來打算怎麼做？」

紫蓮從水言的語氣，聽出她有重要話要說，因此沒有馬上應聲，安靜等她說下去。

「妳願不願意繼續留在第三部門呢？」水言鄭重提出建議，「正如我剛才所言，我的心願是幫助人類亡靈，但也包括第三部門的死神。對我來說，死神第三部門是我的家，我對它有著深厚的情感，看到大家活在擔心恢復記憶的恐懼之中，我很心痛。我知道由已恢復記憶的我這麼說，很像是風涼話，但是，正因為我親身走過這一遭，所以更希望能為現在的死神第三部門做點什麼，好讓翡翠前輩的悲劇不會再發生。今天的事讓我確定，我們所做的事，絕非毫無意義，只要願意打破恐懼，勇敢跨出這一步，第三部門一定會變得有所不同。」

語重心長說完這些，水言也向她伸出一雙手，「這些日子，我有找到了其他與我志同道合的死神，這必然是條不好走的路，但我決定試試看。紫蓮前輩，我真心希望妳能加入我們，我想和妳建造出一個可以互相扶持，互相鼓勵，再也不必孤軍奮戰的死神第三部門。」

看著水言遞來的那雙手許久，紫蓮兩手緊緊回握住她。

「水言，妳還記不記得之前在這裡對我說過的話？妳告訴我，希望這次我可以為自己做出最值得的抉擇，經過今天，我想我已經找到了。雖然這個世界曾經讓我感到絕望，可是妳跟Maya，還有森末部長帶給我的幫助及機會，讓我重新看見這個世界的美好，也讓我湧起想再次誕生在這世上的念頭。」

紫蓮深深一笑，真摯說道，「對我而言，讓今天成為林佩珊『真正的』最後一天，就是我為自己做下的最好決定，今生能有這樣的結局，我心滿意足，所以對不起，我無法留下陪妳一同奮鬥。可是我對妳有信心，只要有更多像妳這樣的死神，必然會有其他死神和我一樣得到救贖，找到最好的路。」

聽到她的決定，水言沒有流露出失望之色，反而揚起燦爛的笑容。

「紫蓮前輩，妳不必道歉，妳這麼做，我比誰都高興，謝謝妳願意給自己重新開始的機會。」她語帶感動，「那麼，妳打算找哪一位前輩送妳呢？」

紫蓮思考片刻，微微擰起眉頭，「水言，我知道這個要求很不應該，但我希望……」

「好。」彷彿已然猜到她的下一句，水言不假思索道，「如果前輩希望由我收下妳的紅線，我很樂意這麼做。」

「真的？妳會受到處分的。」由後輩送走前輩，違反死神第三部門的規定，會讓後輩吃上不少黑單。

「妳放心，Maya長官似乎早料到妳會這麼做，今天我收到他的這份任務時，上面有他的特別備註，若是由我收下妳的紅線，我不會受罰。」水言翹起嘴角。

得知Maya竟然連這一步都先為她考慮好，紫蓮再度感動到哽咽。

「那我就放心了。」紫蓮深深看一眼手中的紫蓮花，「那，妳能否再幫我另一個忙？請在謝紹文的葬禮上，替我把這朵花獻給他，如果可以，最好轉交給他的母親。」

「沒問題，我會讓謝紹文的母親收到這朵花。」水言不問理由，接過那朵紫蓮花。

得知林姿珊將那隻小狗取名為紫蓮時，紫蓮其實好奇過，姊姊這麼做時，是否曾有一秒想起她？是否還記得她們姊妹倆曾經有過的親密時光？

她沒有要原諒姊姊，卻也不打算繼續恨姊姊，因為她已經找到比恨一個人，更值得她去做的事。

林姿珊不是好姊姊，卻是最好的母親。無論林姿珊是否曾為妹妹的不幸感到後悔，如今紫蓮只希望，同樣失去摯愛之人的她，能夠記得這一切，然後繼續走完後面的人生。

回顧這一切，紫蓮這才發現，白髮男子會給她紫蓮這個名字，並讓謝紹文成為她的生前記憶，也許都是有用意的。

如果那位長官沒有選擇讓謝紹文停留在她的心裡，她極有可能也會和翡翠一樣，被仇恨吞噬心靈，走上自我毀滅的道路。

這份記憶會讓她走向重生，還是終結，全在她的一念之間。

意識到這一點，紫蓮也不禁有了跟水言同樣的想法，無論是第三部門的主管，還是森末部長，都有一顆溫柔慈悲的心。

她深深感謝讓死神第三部門存在的人。

「對了，水言，既然 Maya 跟妳提過我們主管，那他有沒有告訴妳對方的名字？」

她們曉得其他部門的主管名字，卻無從得知自己主管的名字，自從第一次在虛無之海相遇後，這次是紫蓮與長官距離最近的時候，加上對方還對她伸出援手，她無論如何都想在最後解開這個謎團。

水言再次召出一份黃卷宗，「紫蓮前輩，請妳翻到這份報告的最後一頁，仔細看一下上頭的印鑑。」

紫蓮依言照做，這才留意到請願書的最後，還有給長官簽核的頁面，上頭有一個清晰的紅色印鑑。

每天紫蓮都會在任務單上看見死神部長的印鑑，這一次卻不是他。

「穆乙……」

輕聲念出這兩個字，紫蓮心跳加速，「難道這就是我們主管的名字？」

水言笑著點頭，「我是這麼相信的，交出請願書後，昨天這些黃卷宗就回到了我的桌上，裡頭沒有任何批示，只出現這個印鑑，所以就算我心裡有懷疑，也不敢百分之百肯定這位就是我們的主管，更不確定對方是否會把我的請求當一回事。紫蓮前輩，多虧了妳，我才能知道讓死神第三部門誕生的人是誰。雖然這可能是個貪心的念頭，但我真心希望，能在離開第三部門之前，再親眼見到穆乙長官一次。」

紫蓮眨眨眼，「我以為妳會一直想留在第三部門。」

「我是這麼想沒錯，只不過，再怎麼熱愛一件事，只要一直做下去，遲早會有疲乏跟厭倦的一天。我們無法像真正的死神一樣，可以永無止盡做這份工作。等到有一天，我熱情不再，對死神這個身分也不再眷戀，我同樣會卸下紅線，前往審判界。」

紫蓮邊聽邊頷首，表示認同，「我可以理解妳想要幫助亡靈的心，但不是每個人類亡靈，都值得伸出援手，妳真的能做到公正無私，毫無偏頗嗎？」

水言噗哧一笑，「紫蓮前輩，要做到對每個亡靈毫無偏頗之心，本來就是不可能的事，那只有第二部門死神才做得到；遇上生前做盡壞事，十惡不赦的亡靈，我一樣會覺得厭惡，假如真的碰上了，我會直接把他丟給審判界，絕不在這種人身上浪費一秒；我只想幫助我認為值得幫助的亡靈，雖然聽起來很不妥，但這就是我們人類會有的想法，不是嗎？一直看著我們的長官們，又怎麼會不清楚這一點？如今我很肯定，只要不嚴重違反規定，不扯其他部門的後腿，森末部長其實會尊重我們的作法，就像他多年前對第三部門降下制裁，如今卻又默許我們互相交換任務。事實證明，我們無須抹煞真實的自己，也能成為一個好死神，對我來說，前輩妳就是那個證明。」

良久，紫蓮深呼吸，啞聲道：「雖然這麼說對翡翠很抱歉，但如果我的前輩是水言妳，也許我不會痛苦這麼久。」

水言深深微笑，「謝謝妳，紫蓮前輩，妳讓我更有信心了。我已經決定，送走妳以後，我就會讓大家知道我恢復生前記憶的事。」

「真的？妳不怕被大家排擠？」

「我已經有心理準備，要做出改變，本來就需要有人站出來，我很樂意當拋磚引玉的那塊磚頭，只要能幫助到其他恢復記憶的死神，不讓他們覺得孤立無援，這麼做非常值得。我也會從現在起一一打破那些存在於我們部門的可笑禁忌，我實在是受夠那些一個比一個荒謬的不實謠言！」

「怎麼辦，我突然很想親眼看看妳會為第三部門帶來怎樣的震撼。」紫蓮忍俊不禁。

「那妳就留下來吧？」水言眼睛一亮，見紫蓮笑而不語，她輕聲嘆息，

「我知道了，不會再勸前輩了。」

兩人一起走到門前，紫蓮將自己的紅線給了她，水言的眼眶染上與那條紅線相同的顏色。

「紫蓮前輩，我會想念妳的。」她給紫蓮一個真摯的微笑。

「我也是。」兩人緊緊相擁，紫蓮跟她道別，「謝謝妳，水言，再見了。」

離開之前，紫蓮最後一次環顧這片頂樓。

耳邊忽而傳來清晰悠揚的二胡聲，而且是〈睡蓮〉這首樂曲。

紫蓮胸口一震，身旁的水言卻沒有反應，好似沒有聽見。

於是她知道，這也是Maya留給她的禮物，那名溫柔的少年，選擇讓這首曲陪伴她踏上新的旅程。

「對我來說，紫蓮妳值得一切美好。」

紫蓮上揚的唇角，再次嚐到淚水的味道。
因為這一次，她彷彿聽見少年用最溫暖的聲音，如此說著。

第二部

嘉怡

郭禾隆看見一名穿著黑西裝的高眺男子出現在面前。來不及仰頭看清男子的五官，對方就俯下身，下一秒，郭禾隆的世界變得一片漆黑。

視線重現光明時，郭禾隆也從這場夢醒過來，發現自己冷汗涔涔。放在枕頭邊的手機鈴聲大作，瞥見來電者的名字，他馬上接聽，三十秒後，郭禾隆結束通話，踉蹌奔進盥洗室洗漱，一穿好衣服，立刻抓起手機跟背包衝出家門。

抵達掛著紅色燈籠的那間餐館，他直接上二樓，看見獨自坐在窗邊，穿著一襲天藍色連身長裙，模樣清純的短髮少女。

任誰也想不到，這名看起來平凡的少女，竟然是死神轉生的人類。

郭禾隆一現身，詹嘉怡就將手中的手機放下，抱怨道：「你終於來了。是你昨天說有十分重要的事，希望能盡快當面問我，我才推掉跟家人的飯局，結果你居然大遲到，直接睡到下午，真不像你會做的事，你昨晚熬夜了喔？」

「沒有，我十二點前就睡了。對不起，我不是故意遲到的。」他趕緊賠不是，疲倦地說，「不知道為什麼，這禮拜我一直反覆做著同一個夢，好幾次因此睡過頭，上課差點遲到。」

「什麼奇怪的夢？」

郭禾隆將夢裡見到的那個男人告訴她，「一開始，我只看得到很模糊的影子，後來就越來越清楚，幾乎就快要看見那個男人的面孔。我想知道，我會做這個夢，是不是因為我跟紫蓮那位死神接觸有關？上次在公園跟她見面後，我就開始不斷夢見這個人，而且我懷疑他也是死神。」

「是嗎？那你知不知道他是哪個部門的？」

郭禾隆停頓一下，搖搖頭，「在我注意到對方的領帶前，我的視線就一片漆黑，什麼都看不到，所以無法確定他是哪個部門的死神。而且從我仰望他的角度，我感覺夢裡的我，好像還只是個小孩，難道我小時候見過他？妳知道這是怎麼回事嗎？」

詹嘉怡沒有馬上回答他，嚷嚷道：「我們可不可以先點餐？我等了你一個小時，肚子快餓扁了。」

「喔，好。」郭禾隆尷尬點頭。

兩人吃飽後，詹嘉怡滿足地用餐巾紙擦嘴巴，見郭禾隆一臉心不在焉，顯然還在想這件事，便開口問道：「你那天見到紫蓮死神，是不是有觸碰到她的身體？」

郭禾隆認真回想，頷首，「有，當時跟她談話，我一時壓抑不住內心的激動，忍不住跟她握了手，後來她就消失不見了。妳為什麼這麼問？難道這跟我那個夢有關？」

「沒錯，你會開始做那個夢，就是因為你直接碰觸到死神的關係。但你放心，這不代表你會有危險。」

郭禾隆鬆了口氣，繼續問：「那為什麼我會一直夢見那名死神？」

「等你確定對方是第幾部門的死神，我再回答你。」

「不能現在就告訴我嗎？關於我能看見死神的原因，妳到底打算何時才告訴我？」他難掩焦慮，已經不想再等下去。

「先別著急嘛，我幫你查出紫蓮死神跟廖葶的關係，還安排你跟紫蓮死神見面，你先回報我一下，不算過分吧？」

「我要怎麼回報妳？」他不曉得能為她做什麼事。

「我今天會告訴你，在此之前，先和我去一個地方。」她笑得神秘。

兩人離開餐館，前往捷運站，站在路邊等過馬路時，郭禾隆霎時背脊一涼，感覺到熟悉的氣息。

他悄悄用眼睛觀察四周，不久發現兩名黑領帶的死神出現在附近的騎樓下，還有一名亡靈跟在他們身邊，地上躺著一位渾身髒亂，像是遊民的男子。

「怎麼了？」詹嘉怡注意到郭禾隆神色緊繃。

「附近有兩名第三部門的死神，我看見他們接走一位街友的靈魂。」他吞嚥一口唾沫，不動聲色地低聲說。

「是嗎？我發現你現在面對死神，好像比之前鎮定多了。」她笑了笑。

郭禾隆心情有些複雜，不確定這是不是好現象，「我第一次看見兩名死神接走一個亡靈，這是正常的嗎？」

「也是有這樣的情況，大部分時候是為了帶新人，才有兩位死神一起行動。」

「死神也要帶新人？」

「是呀，每個來到第三部門的人類死神，都會有前輩陪同指導，新人也會藉由首次任務，知道自己生前的死因，通過最重要的這一關，就可以成為真正的死神了。」

行人專用號誌燈這時轉為綠燈，詹嘉怡和其他行人一起往對街走，郭禾隆匆匆跟上，追問：「可是知道自己的死因，難道不會容易想起生前的一切？為什麼要特別設立這一關呢？」

「這是死神界部長的意思，除了創立死神第三部門，第三部門的所有規矩，皆是由他決定，我也不能違逆；而且你說的沒錯，確實有新人因為這個考驗而恢復記憶，不過機率很低。大多數死神都是在幾年之後，才恢復記憶。」

郭禾隆覺得難以想像，「知道自己是怎麼死的，卻又無法知曉真相，感覺好殘酷。那位紫蓮死神也是這麼走過來的吧？她一定很辛苦，希望她能夠幸福。」他發自肺腑道。

「你放心，紫蓮死神已經找到能讓她幸福的路，是你讓她得到救贖，而且現在的第三部門也開始要變得有趣了。人類果然是最棒、最了不起的存在，總是可以不斷創造出各種奇蹟。」詹嘉怡的欣喜之情溢於言表。

「是這樣嗎？」郭禾隆眉頭微蹙。

「我真心這麼覺得呀。你現在的反應讓我想到，以前跟大學學長說了這句話，對方氣到跟我展開激辯。他是人類，卻超級討厭人類，他說人類只會帶來災難跟毀滅，是最應該消失的物種。真的好可愛。」她笑個不停。

郭禾隆知道她說的「以前」，必然不是這一世的時間，現在的她還只是高中生，哪裡來的大學學長？

確定這不是她第一次轉生，他忍不住想再多問一些，此時兩人就剛好抵達捷運站。

捷運月台上，看見詹嘉儀用手機回覆訊息，郭禾隆也順勢拿出自己的手機看時間，忽而感覺有一道冷冷的視線從附近射來，他立刻抬眼環顧四周，卻沒發現可疑的人。

是他多心了嗎？

進入捷運車廂，周遭滿滿的乘客，讓郭禾隆不便繼續方才的話題，只好改問：「妳到底要帶我去哪裡？」

「到了再跟你說。對了，這段時間你交到朋友了嗎？」

「沒有，為什麼這麼問？」

「你不是說你因為『小黑』，所以不敢跟別人建立關係？現在誤會解開了，你當然可以盡情交朋友，怎麼還是那麼孤僻呢？」

見她為了不讓旁人覺得奇怪，居然把死神稱呼為「小黑」，郭禾隆忽而覺得有些好笑，卻不敢真的笑出來。

「沒關係啦，反正我習慣一個人了，沒必要刻意去交朋友。而且就算誤會解開，我身上的秘密還是未解，真相大白前，我覺得還是跟其他人繼續保持距離比較好。」

「唉，你好頑固，別以為我聽不出來你又在催我。好啦，只要你答應我今天的所有要求，你想知道什麼，最後我通通都會告訴你。」

她的話讓郭禾隆隱隱覺得不對，有種誤上賊船的感覺。

下了捷運，再步行十分鐘的路，郭禾隆來到一間典雅氣派的高級大樓。

詹嘉怡進去大樓，和櫃台的管理員熱絡打招呼，帶著郭禾隆搭乘電梯直接上二十三樓，一副熟門熟路的模樣。

最後站定在一扇黑色金屬門前，郭禾隆忍不住開口問她，「欸，這裡該不會是……」

「你一定猜對了，這裡是我家。」詹嘉怡笑咪咪揭曉答案，拿出門卡解開門鎖，推門而入，朝著屋內喊：「爸比，媽咪，我回來了！」

一對外型姣好，慈眉善目的中年夫妻，很快出現在玄關，看見郭禾隆，他們立刻熱情邀他進屋，完全不像是突然看見陌生人的反應，彷彿早就知道他今天會來造訪。

詹嘉怡的家寬敞漂亮，能夠住在這種地段的大樓，家境必然很好，郭禾隆第一次來到這樣的豪宅。但即使坐在高級舒適的皮質沙發上，窗外也有無敵美景作陪，郭禾隆仍無心享受。他如坐針氈，不明白現在到底是什麼狀況，為什麼詹嘉怡要把她帶到家裡？

因為緊張而口乾的他，伸手接過詹母招待的冰涼茶飲，忍不住一口氣喝掉半杯，眼角同時瞥見身邊的桌櫃上的一幅照片，目光就此停住。

照片裡的詹父詹母比現在更年輕，站在他們身後的詹嘉怡貌似十歲，她的身邊還有一名年約十五歲的男孩，兩人神韻相似，想必是她的哥哥。這是一張很美麗的全家福照。

「爸比，媽咪，正式跟你們介紹。他是我的男朋友，郭禾隆。」

詹嘉怡忽然依偎在他身邊，微笑說出驚人發言，讓郭禾隆嘴裡的茶差點噴出來。

詹父喜上眉梢，「郭同學，很高興見到你，嘉怡常跟我們說你的事，知道你們臨時約見面，我們剛剛就聯絡嘉怡，叫她把你帶來家裡，讓我們當面謝謝你。」

「謝謝我……？抱歉，我不太明白，我有做什麼讓兩位感謝的事嗎？」

他丈二金剛摸不著頭腦。

詹母笑著接話，「禾隆，你太謙虛了，我們聽嘉怡說，之前她在上學途中遇到色狼，是你救了她。發現她因為跌倒，腳不小心受傷，你還親自送她到醫院治療，再送她去學校。那天是你的期中考，你為了幫我女兒，竟然不惜放棄重要考試，像你這麼熱心善良的年輕人實在不多了，嘉怡也說跟你在一起非常有安全感。這是她第一次把某人掛在嘴邊，成天說個不停，所以我們也想見見你，果不其然，你一臉正氣凜然，看起來就是個有正義感的好青年，難怪會受女孩子歡迎，嘉怡能追到你，是她的福氣。」

郭禾隆完全想像不出自己此刻的表情。

對上詹嘉怡堆滿笑意，卻暗示性十足的眼神，他才明白她在打什麼主意，她居然想讓他假扮成她的男朋友。

「有像郭同學這樣的男生在嘉怡身邊，我們就放心了。這兩年我因為工作，跟嘉怡的媽媽在國外，嘉怡的哥哥目前也在日本讀書。嘉怡雖然懂事，不會讓父母傷神，但把她一個人留在這兒，我們還是會有點擔心，幸好她身邊有了可靠的對象。我們不在時，就請你幫我們多多照顧她了。」詹父鄭重拜託他。

郭禾隆說不出半句澄清的話，只能先硬著頭皮應允，打算之後再向詹嘉怡好好問清楚。

留下來吃下午茶時，郭禾隆觀察詹嘉怡和父母親暱互動的模樣，還是覺得有點不可思議。

明明是死神，卻能和人類一樣在陽間生活。郭禾隆不禁好奇，詹嘉怡究竟是從多少年前開始這麼做？又為何會想要這麼做？

＊＊＊

晚上詹父詹母的朋友會來家裡聚餐，詹嘉怡說要跟郭禾隆去看電影，就先帶他離開了家。

「妳應該不是真的要去看電影吧？妳可以跟我解釋了嗎？」站在大樓門

口，郭禾隆嚴肅問她。
「沒問題，我們現在去你家吧。」
「啊？為什麼要去我家？」
「你現在是一個人租房子住對吧？我還有另一件更重要的事要拜託你，在外面不方便談，到了你家，我再一起說明。」
沒想到詹嘉怡的要求還沒結束。郭禾隆猶豫片刻，同意了。
來到郭禾隆的租屋處，詹嘉怡也不問他，直接大剌剌進入他的臥房，最後開心道：「太好了，你家很適合！」
「適合什麼？」
「適合自殺呀。」
郭禾隆大驚，「妳說什麼？」
「你別誤會，我的意思是，當我有事要回陰間，會需要一個能讓我暫時死去的地方。本來都是在家裡這麼做的，可是這兩個月我爸媽在家，所以我得換個地點。之前曾找到一個好地方，就是我們初次見面的那棟鬼屋，可惜我才從那裡回去一次，就被你們闖了進來，也只好放棄那裡。」

她的話讓郭禾隆也想起那一天，接著恍然大悟，詹嘉怡當時躺著的房間裡有燒炭的痕跡，原來她是藉由這種方式讓自己死亡，回到死神的身分。

郭禾隆臉色刷白，當場強烈拒絕，「不行，絕對不可以，我不能讓妳在我家這麼做！」

「你放心，你害怕的話，我會關起門來不讓你看見。在你這裡也不會用到燒炭的方式，讓你遭到鄰居懷疑，我會安安靜靜地死的。」

他手腳冰冷，整片頭皮發麻，死命搖頭，「還是不行，知道妳就在我家自殺，我怎麼可能還裝作若無其事？或許妳已經習以為常，但我真的沒有辦法，請妳體諒一下我的感受！」

「拜託啦，郭禾隆，我真的不想再花時間找新地點，上次為了你，我臨時選在學校的舊倉庫裡回去，結果差點就被校方的人發現了，你就看在我讓你見到紫蓮死神的份上，答應我這次。等我爸媽出國，我會替你解決看見死神的問題。」

郭禾隆愣住，「妳是說，妳有辦法讓我再也看不見死神？」

「對，如果這是你的願望，我會幫你。」

郭禾隆心跳加快，徹底被動搖。可以擺脫這種命運，回歸普通人的生活，是他夢寐以求的事。

天下沒有白吃的午餐，如果他想讓詹嘉怡解決他的問題，他當然也得有相應的付出。

經歷一番天人交戰，郭禾隆咬緊了牙關，下定決心道，「好，我答應妳，請妳務必說到做到。可是，妳真的必須這麼做，才能變回死神？難道沒有其他的辦法？」

「是的，除了死亡，別無他法。當我藉由自殺回去陰間，就能以詹嘉怡的身分重返陽世；但若是遭到致命事故，像是出車禍，或是遭人殺害，抑或是因病逝世，我就無法回來了，詹嘉怡的人生也會就此結束。之後再轉生，我就會是另一個人。」

郭禾隆聽得呆了，他嚥嚥口水，小心翼翼問：「我可以知道……妳轉生幾次了嗎？妳曾有因為遭逢致命事故而過世嗎？」

「呵呵，當然有呀。死神第三部門一誕生，我就開始轉生，至今也過了三百多年。中間我轉生超過數十次，最短的人生是0歲，最長是82歲，許多死法都經歷過。而且不說以前，我上一世就是遭逢事故死的。我被親弟弟謀財害命，他拿刀一口氣刺進我的心窩，而我八歲的兒子目睹了這一切。」她用平鋪直述的口吻侃侃而談。

郭禾隆一會兒後啞聲開口，「那妳轉生後，有去找妳的兒子嗎？他還活著嗎？」

「我沒去找他，也不知道他是否還活著。」

「為什麼沒有？難道妳不思念他？看看他現在過得如何？」

「就算思念也不能見。我可以記得前一世發生的事，卻不能跟前一世認識的任何人相見，就算有天遇見我兒子，我也不能跟他相認，只要我觸碰到他，或是對他表明身分，我就會消失。」

「消失是指……」

「就是被消滅，別說是轉生，連死神的身分都會永遠失去。」詹嘉怡表情未變，依舊笑吟吟，「在死神第三部門裡，曾有死神恢復記憶後，跑去殺害生前害死自己的人，這些死神會被死神部長消滅，而我也會受到懲罰。」

「什麼懲罰？」他下意識吞嚥口水。

「人類是如何被死神殺害，我就會以同一個方式死去。比方說，我的死神讓人類墜樓身亡，今生的我，就會這麼死去。」

郭禾隆手心滲出冷汗，「這是死神部長訂下的規矩？」

「不，是審判界部長。所有要轉生的人類，都會經過審判界，這是對方讓我成為人類的條件之一。就算是死神，想要成為人類，也得付出相應的代價。不過這史無前例，死神界裡也只有我會想這麼做，而且沒有死神部長幫忙跟審判界部長協商，我也不會成功轉生成人類。」

郭禾隆呆呆看著她的臉。

儘管心裡的疑問不減反增，但他現在幾乎確定了一件事。

「死神第三部門是妳創立的吧？讓人類死神誕生的就是妳，對不對？」

詹嘉怡一臉驚喜，「你怎麼知道？」

「妳曾表示妳來自第三部門，剛才也說第三部門並非死神部長所創立，而且妳還稱第三部門的死神為『我的死神』。妳所說的話，還有妳做的事，都讓我感覺妳是真心喜歡人類的一切，更像把第三部門的死神都當作妳的孩子。」

「郭禾隆，你真的好聰明！」

詹嘉怡踮起腳尖，用力摸摸他的頭，開心不已。

郭禾隆連忙躲開她調皮的手，不讓她繼續撥亂頭髮，「我說對了？妳真的是因為喜歡人類，才決定創立死神第三部門，也讓自己變成人類？」
「答對了，不過我決定讓死神第三部門誕生，也是為了我們的部長。」
「為什麼？」他的好奇心再被勾起。
「你這裡有沒有喝的？我有點渴了。」
郭禾隆愣了一下，馬上走到廚房開啟冰箱門，拿出兩罐未開封的冰果汁，給她一罐。
詹嘉怡坐在沙發上小口小口喝果汁，一副隨性自在，像是已經把這裡當作自己的家，「我真的很喜歡你這裡，感覺可以放心的回家。」
郭禾隆一顫，「妳不會今天就要回陰間吧？」
「哈哈，還沒有，通常虛無之海出現新的亡靈，我才會盡快回去一趟。若情況允許，我也會在其他時間回去，看看第三部門有沒有發生什麼事。」
郭禾隆問起虛無之海，最後得知那是她在陰間的管轄區，也是第三部門死神誕生的地方。

「妳怎麼知道虛無之海何時有新亡靈出現？」

「我感應得到，這是我現在唯一有的能力。虛無之海曾經一天內出現兩名亡靈，最久有十年才出現一個，所以第三部門的死神其實不多，你不必擔心我會一天到晚跑來你這裡自殺；我騙爸媽說你是我男友，主要是希望這段期間，如果我必須回陰間，而爸媽又急著找我時，你可以幫忙應付一下他們。」

她拍拍他的肩膀。

郭禾隆無言以對。

詹嘉怡大概是料到如果事先跟他說，他必然不會同意，才會直接先斬後奏，讓他連拒絕的餘地都沒有。

事已至此，他也只能無奈接受。

「妳說第三部門的死神其實不多，那大概有幾名？」

「上次回去看，有九十六名。第一部門的死神有五百名，第二部門是最多的，有八千名。」

「差這麼多？」

「就是嘛，我也希望第三部門有更多的死神，但來到虛無之海的亡靈本來就不多，更重要的是，我們部長不同意我的死神超過一百名，只要到這個人數，他就會開始淘汰掉他想淘汰的死神。」她嘆氣。

「第三部門的主管不是妳嗎？難道妳不能做主？」

「沒有死神部長的同意，就算我有這個念頭，第三部門也不可能真的誕生。而且死神第三部門成立不久，我就開始轉生成人類，大部分時間都在陽間生活，第三部門就變成部長在管理。」

「妳創立第三部門後，就把第三部門丟給死神部長？會不會太不負責任？」郭禾隆傻眼，忍不住吐槽。

她開懷大笑，「對呀，所以部長很不滿，老是對我生氣。但也因為這樣，我不會對他的管理方針有任何意見，當我的死神犯錯，他可以直接處置，要是他決定消滅所有人類死神，我也無話可說。」

「既然如此，妳何不只要轉生成人類就好？非要讓人類死神誕生呢？」
他越聽越不解。
「我說過啦，有兩個原因。我喜歡人類的一切，喜歡到就算他們死去，我也想繼續為他們做點什麼，另外就是為了部長；經過廖葶的事，我想你已經知道，讓人類死神存在是有好處的，對不對？」
被她這麼一問，郭禾隆不禁沉默，半晌沒回話。
「那死神部長呢？他跟妳決定成立第三部門有何關係？還有，他真的會想消滅所有的人類死神嗎？」
她搖搖頭，「要是人類死神犯下重罪，部長會對他們降下制裁，但不會真的將他們殲滅。部長對人類可以說是又愛又恨，人類會帶給他傷痛，卻也能帶給他撫慰。加上是我讓他變得討厭人類，所以我想為他這麼做。」
迎上郭禾隆專注的視線，詹嘉怡翹起唇角，「你想知道更多的話，我再慢慢告訴你。我好久沒跟人類說死神界的事了，感覺好愉快。」

「妳以前也跟別人說過這些？」

「是呀，我某一世的伴侶知道這個秘密，他替我保密了一生。」

「真的？他不害怕嗎？」

「當然會怕，但他後來就習慣了。看到我在房間裡上吊，他還能冷靜地把我抱下來放到床上，若無其事做自己的事，等我從陰間回來呢。」

郭禾隆頭皮發麻，臉色微微蒼白，有點想吐，「妳不會在我面前這麼做吧？」

她又大笑，「當然不會，那對你太刺激了，而且我說過我會關起門來，不讓你看見，我會用更『溫和』一點的方式回陰間。」

「那就好。」他深呼吸，穩住心緒，「雖然妳還能從陰間回來，可是妳在死去的過程，難道不會感到痛苦？」

「會呀，但這也是我成為人類必須承受的。不過，有些死法我絕對不會再嘗試，就是喝農藥。在第七世的時候，有次急著回陰間，喝了家裡的農藥，結果馬上被家人發現，送去治療，當時我只來得及喝一小口，結果痛苦了六天才死去，而且口腔跟食道全部潰爛，最後多重器官衰竭……」

「停！可以了，不必解釋得這麼清楚！」郭禾隆焦急打斷她，不敢再聽。

「哈哈哈，好啦，總之我不會再用這種折磨人的死法，畢竟要是因此造成這副身體嚴重損毀，對我沒好處，你說是吧？」

「是，妳說的都對，可不可以結束這個話題了？」郭禾隆簡直快發瘋。

「好，那我們出去吃晚餐吧，我的肚子餓了。」

郭禾隆忍不住白她一眼，聽完這些話，她怎麼會認為他還吃得下飯？

縱然毫無食慾，郭禾隆還是被詹嘉怡硬拉出門。

那天深夜，他躺在床上翻來覆去，反覆想著詹嘉怡說的話。

除了他能看見死神的原因，今天的詹嘉怡幾乎有問必答，連死神界部長的事都願意跟他分享。如果不是基於對他的信任，應該不會這麼做。

「經過廖葶的事，我想你已經知道，讓人類死神存在是有好處的，對不對？」

如她所言，只要想起紫蓮死神，郭禾隆就覺得找到了答案。

接著他好奇，詹嘉怡變回死神時，不知道是什麼模樣？她應該也有死神的名字吧？就像紫蓮死神一樣。

如果下次問她，她會告訴他嗎？

郭禾隆就在這些疑問裡，眼皮慢慢變得沉重，最後進入夢鄉。

他又夢見那名詭異的男死神。

這一次，他清楚看見他身上領帶的顏色，也看見對方俯下身的同時，朝他伸出一雙手，像是準備遮住他的眼睛……

隔天從夢中醒來，郭禾隆馬上傳訊息給詹嘉怡，問她能不能見面，然而女孩已經約好和父母要去踏青，郭禾隆不想再次打擾他們相處的時光，決定和她約在明天。

怎樣也沒想到，他的世界就在這一天徹底變了模樣。

＊＊＊

出門到附近的小吃店買午餐，郭禾隆一從年逾七十歲的老闆手中接過餐點，竟從對方身上感應到一股令他悚然心驚的氣息。

意識到那股氣息代表什麼，郭禾隆忍不住怔怔盯著老闆的臉，冷汗直流，心中被一片恐懼籠罩。

隔天下午六點，郭禾隆的課結束，就收到詹嘉怡傳來的訊息，他直接搭上計程車前往對方指示的速食店，在角落區的座位找到穿著制服的詹嘉怡，對方一發現他，開心向他揮手。

郭禾隆震驚瞪著詹嘉怡，臉上血色褪盡，心臟宛如凍結。

見他呆站在門邊動也不動，詹嘉怡直接來到他面前。

「你怎麼啦？臉色這麼難看。」

他聲音粗糙沙啞，「妳……」

「你好奇怪。不管了，你快過來。」她拉起他的手，帶他去座位，郭禾隆這才發現，有一名陌生少女跟他們坐在一起。

「學姊，我男朋友來了。」詹嘉怡笑盈盈對少女說，接著向郭禾隆介紹對方，「她是我學姊，她聽到我交了新男友，說想見見你，所以我讓她來跟你打招呼。」

這名戴著圓形黑框眼鏡，臉上佈滿雀斑，留著長髮的纖瘦少女，看起來很害羞，厚重的瀏海幾乎蓋住她的眼睛。

少女神態緊張，不自在地對郭禾隆點點頭，聲音細若蚊鳴，「你好，我叫陳詩雅。」

陳詩雅沒有待得太久，郭禾隆坐下不到五分鐘，她就決定離開，向兩人道別。

雖然覺得這個女孩有些怪異，郭禾隆卻沒多在意，因為他的心思全然被另一件事佔據。

「好啦，你可以告訴我到底發生什麼事了，你看起來真的很不對勁。」詹嘉怡雙手交疊放在桌上，觀察著他的臉。

郭禾隆稍微留意四周，用鄰桌聽不到的音量低聲回：「我已經知道一直出現在我夢中的那名男死神，是第幾部門的了。」

「真的？」

他鄭重點頭，「這兩天晚上，我清楚在夢裡看見他領帶的顏色，我很確定是紅色的。不僅如此，我還依稀看見對方的樣貌，他的頭髮跟眼珠似乎是褐色的。在夢的最後，他朝我的臉伸手，像是要遮住我眼睛。」

「他的領帶有沒有領帶夾？」

郭禾隆低頭認真回想，肯定點頭，「有，若沒記錯，他的領帶上，好像有一個銀色的領帶夾……妳為什麼這麼問？這跟對方的身分有什麼關係嗎？」

「大有關係，死神界只有三大部門的主管，會在領帶上佩戴銀色的領帶夾；而當死神要殺害人類，就會用手蓋住人類的眼睛。」

這句話讓郭禾隆的臉上再度失去血色。

「妳的意思是，死神第二部門的主管，他想殺我？」

她搖搖頭，「你不是說過你可能在小時候見到他？如果他真的要殺你，你現在怎麼還能坐在這裡呢？」

「但我對這段回憶沒有印象，無法證明我小時候真的有見過他。假如這個回憶是真的，他為何要對我那麼做？難道我有做出觸怒他的事？」他失了冷靜，徹底陷入恐慌。

「不是這樣的啦。」詹嘉怡握住他冰冷的手，試圖安撫他的情緒，「既然你發現對方的身分，我就可以把你想知道的答案告訴你了，我們去沒人的地方說吧。」

離開速食店，兩人來到附近公園的一座涼亭，四周人煙稀少，適合安靜談話。

詹嘉怡在那裡告訴他，很久以前開始，人類世界就存在著少數一出生就能看見死神的人，但這樣的能力通常在長大前就會消失。

為了陰陽兩界的秩序，死神只要發現這樣的人類，就要稟報給主管，只有死神界三大部門的主管可以從人類身上收回這樣的能力；在第三部門出現之前，只有第二部門的死神會與人類接觸，因此這項任務，自然由第二部門的主管負責執行。

聞言，郭禾隆很快想通了什麼，「所以我爺爺過世時，我在醫院一邊追著他的靈魂，一邊喊出的那句話，讓接走爺爺的那位紅領帶死神，發現我能看見他，於是他稟報給死神副部長，副部長才會來找我，想取走我的這項能力？」

「一點也沒錯。」

「那為何他最後沒這麼做？還有，既然妳也可以做到這樣的事，而且早就知道真相，為什麼不一開始就幫我處理呢？」他真心感到不解。

「我沒辦法這麼做，之前在身邊觀察你，發現我們的副部長過去非但沒有取走你的能力，可能還把自己的靈能賜給了你，所以你的這項能力直到長大都沒有消失；而你在觸碰到紫蓮死神後，靈能便增強了，才會開始看見副部長原本想讓你遺忘的事。我雖然也是死神界的三大主管之一，力量卻不及死神部長跟副部長，能收回你的靈能的人，就只有他們二位了；當我知道副部長對你這麼做，我也很訝異，不明白他是如何想的。」

「那我現在應該怎麼辦？」他心亂如麻。

「你不要擔心，我雖然無法直接替你解決問題，但可以請副部長收回你的能力。我跟副部長的關係還不錯，只要好好拜託他，他應該會同意。」

「妳是說真的？」他從黑暗中看見一道曙光。

「當然是真的，我說過我會幫你的呀。」她拍拍他的肩膀，笑容可掬。

郭禾隆稍稍鬆了一口氣，然而一對上女孩清澈的眼睛，他的表情再度變得嚴肅緊繃。

「怎麼了？不是要你放心的嗎？怎麼還是這個表情？」

郭禾隆欲言又止，下一秒聽見她的手機響起，當女孩專注講電話，郭禾隆冷不防又收到一道銳利視線，他凝神注意周遭，但天色昏暗，視線不明，他無法確定是否真的有人在看他們。

「我都不知道已經七點半了，我媽打來問我怎麼還沒回家？郭禾隆，家裡今晚臨時有親戚來訪，我得回去招待，那就先談到這裡吧。」詹嘉怡放下手機後告訴他。

「我送妳回去！」郭禾隆衝口而出。

「真的？你怎麼忽然那麼體貼？謝謝你。」女孩意外地笑了，爽快答應。

郭禾隆當下沒能將原因告訴她。

將女孩平安送回住處，郭禾隆也直接返家，他坐在客廳，陷入漫長思考，最後用手機撥出一通電話。

「媽，我有件事想問妳。奶奶過世那天，我有沒有什麼不對勁的地方？」

彼端的郭母起初先否認，卻被郭禾隆聽出一絲心虛，他再三向母親確認，郭母才鬆口說出郭奶奶去世那日發生的事。

那天郭禾隆在二樓房間玩，忽然大喊有黑衣人抓走奶奶，郭父跟郭母聞聲衝上二樓，驚見郭禾隆倒在奶奶的房間失去意識，原本在睡覺的郭奶奶，已經安詳離世。事後郭禾隆醒來，完全不記得自己為何會去到奶奶的房間，也不記得自己有說過看見黑衣人這樣的話。

原本只是懷疑，如今聽到更多他不曉得的內情，郭禾隆錯愕之餘，也幾乎確定一件事。

當年接走郭奶奶的死神，極有可能就是死神第二部門的主管。對方也許就是在那一天，決定將自己的靈能賦予給他，並且抹去他的這段記憶。

儘管詹嘉怡說會幫他，郭禾隆的心情卻沒有因此撥雲見日，反而在得知自己身上的靈能增強後，陷入另一個更大的恐懼。

隔天，郭禾隆從學校返家，發現兩天前光顧的那間小吃店沒有營業。

一股強烈的不祥預感升起，他向隔壁的攤位打聽，得知那位七十多歲的老闆，今早過世了。

郭禾隆回家後，立刻撥電話給詹嘉怡，劈頭問：「妳在哪裡？」

「我在外面唱歌，今天同學生日，我們在KTV幫她慶生。發生什麼事了嗎？」除了女孩的聲音，郭禾隆也聽見模糊的歡唱聲，詹嘉怡似乎站在包廂外跟他講電話。

郭禾隆的額頭流下一絲冷汗，「我想問妳，昨晚妳說，因為我直接接觸到紫蓮死神，所以身上的靈能增強了，這是不是代表……我可以感應到人類的死期？」

「嗯，畢竟你體內一直有死神副部長的靈能，當這個力量被喚醒，你的確可能會有這樣的能力。難道你已經可以感應到人類的死期了嗎？」

郭禾隆將小吃店老闆的事告訴她，表示兩天前他去到餐廳，就從老闆的身上感應到一股不祥氣息，彷彿對方近期將會死去。

「那你昨晚為什麼沒跟我說？你一個人想著這些事，該有多害怕呀？」

「那是因為……詹嘉怡妳……」郭禾隆指尖冰冷，吞吞吐吐，不知道該如何對她啟齒。

「你別緊張，我說過了，就算你身邊有人死去，也不是因為你的關係，所以不要又胡思亂想，覺得自己是瘟神了，知道嗎？」

以為他是為此煩憂，詹嘉怡再度柔聲勸他一番，就在這時，一群女生喊著她的名字，詹嘉怡匆匆道：「郭禾隆，朋友在叫我了，先進包廂嘍，我很快會再去找你的。」

「好，那妳……注意安全。到家後記得跟我說，一定要。」

詹嘉怡停頓一下，語帶笑意，「好，我一定通知你。」

結束通話，郭禾隆虛脫癱在沙發上，喉嚨如火烤過似的乾涸。

他終究還是沒能向詹嘉怡說出口。

昨天在速食店，他一見到詹嘉怡，立刻感應到跟小吃店老闆一樣的死亡氣息。

為什麼詹嘉怡的身上也會出現這種徵兆？

難道，詹嘉怡會死嗎？

冷靜下來，這可能是誤會，詹嘉怡現在雖然是人類，但她畢竟還是死神，倘若他的靈能真的變強了，那從她身上感應到些許死亡氣息，或許也是正常的，郭禾隆不斷用這樣的理由安撫自己。

兩個小時後，他收到詹嘉怡平安到家的訊息，鬆了一口氣。詹嘉怡告訴他，這個週末會去他家裡。

❖❖❖

隔天的課堂上，郭禾隆依舊掛念著詹嘉怡的事，無法專心。

中午，他接到一通來自系辦秘書的電話。

晚上六點，郭禾隆來到某個捷運站出口，在那裡看見一名穿著制服，戴著圓型黑框眼鏡，臉上佈滿雀斑的長髮少女。

那天在速食店見到的陳詩雅，從詹嘉怡口中打聽到郭禾隆的學校及系所，這天居然瞞著詹嘉怡，打電話到大學系辦，表示有重要的急事要找郭禾隆，請系辦秘書幫忙聯繫他。

拿到陳詩雅提供的手機號碼，郭禾隆覺得事有蹊蹺，於是跟她聯絡。陳詩雅在電話裡說的話，讓郭禾隆決定跟她見面，兩人會合後，就到最近的一間超商談話。

「妳說有人想要傷害詹嘉怡，這是什麼意思？」一坐下，郭禾隆立刻問道。

陳詩雅沒有直迎他的視線，默默把自己的手機推到他眼前。

郭禾隆定睛一瞧，發現螢幕上的畫面，是一個年輕男生的Instagram介面，看起來也是高中生。

「他是誰？」

「他是嘉怡的前男友，也是我的同學，他的名字叫陸名瑋。」

陳詩雅終於從那厚重的瀏海抬起一雙細長的眼眸，用溫吞輕柔的嗓音一字一頓道：「陸名瑋去年跟嘉怡交往過半年，兩人最後分手了，但陸名瑋還是很喜歡嘉怡，一直想把嘉怡追回來。現在，他好像已經知道嘉怡有了交往對象，我覺得他很可能會傷害嘉怡，所以想請你保護她。」

郭禾隆心下愕然，片刻後再啟口，「為什麼妳覺得詹嘉怡的前男友會想傷害她？難道妳曾聽陸名瑋親口這麼說？還是他有對詹嘉怡做過什麼事，才讓妳有這個想法？」

陳詩雅認真頷首，「陸名瑋這個人外表看似和善好相處，實際上他是個可怕的人。嫉妒心很重，想法也很偏激，對嘉怡的獨佔欲更是嚴重，連嘉怡跟班上的男同學說話，他都會大發雷霆，對嘉怡惡言相向，甚至還會動手打她。」

「他會打詹嘉怡？」郭禾隆一驚。

「對，我曾看過嘉怡的身上偶爾會出現一些奇怪的傷口，嘉怡說是自己弄傷的，但我懷疑是陸名瑋搞的鬼，所以去問了他，結果，他竟洋洋得意承認嘉怡的傷就是出自他之手，一點都不覺得自己有錯，還說是因為嘉怡該打，他才會打她。」

陳詩雅原本平靜無波的語氣，有了明顯的起伏，眼底也浮上清晰的憤慨與擔憂，「雖然他們最後分手了，但陸名瑋還是繼續糾纏著嘉怡，甚至還用上威脅，如果她敢跟別人在一起，他就會殺了她，然後再自殺。陸名瑋的心理不正常，我真心覺得他會說到做到。」

郭禾隆皺緊眉頭，「陸名瑋威脅詹嘉怡這件事，是他們其中一人告訴妳的嗎？」

她搖搖頭，「是我碰巧看見陸名瑋傳了這種內容的訊息給嘉怡。」

「那麼，那條訊息還在詹嘉怡的手機裡吧。只要對方沒收回，或是妳們有拍照存證，應該就有辦法處理。」

陳詩雅的表情變得僵硬起來，她歉然道：「對不起，當初我看到那條訊息時，心裡太過恐慌，所以在嘉怡發現那個訊息時，我就把它刪掉了。」

郭禾隆愣住，「妳刪掉了？那……詹嘉怡最後有知道陸名瑋威脅她的事嗎？」

「應該沒有，我沒告訴她，我想她還不知情。」她抿抿唇，面色黯然，「但就算她知道了，大概也不會真的放在心上。嘉怡她很善良，哪怕陸名瑋那樣傷害她，嘉怡對他依然很友善，更不曾說過他的壞話。如果我吐露陸名瑋威脅她的事，嘉怡就會知道我擅自刪掉她的訊息，所以我不敢說出來。而且，依照嘉怡的個性，我認為她可能不會跟你說這件事，才決定私下與你聯繫，想讓你知道事情的嚴重性。嘉怡是我最重要的朋友，無論如何我都想從陸名瑋手中救出嘉怡，不願看到她出事。」

郭禾隆看著陳詩雅憂心忡忡的面容，目光接著回到手機裡的 Instagram 照片牆，隨手點開一張照片。

穿著學校運動服，露出燦爛笑容，站在陽光下的陸名瑋，看起來就是個爽朗溫和的少年，一點也不像陳詩雅形容的那樣可怖。

但郭禾隆也知道，世上多得是這種外表無害，心腸歹毒之人，他不由得因陳詩雅的話陷入不安之中。

答應陳詩雅會對今天的事保密後，兩人在超商門口道別。

郭禾隆回到家裡，疲憊坐在沙發上，詹嘉怡剛好傳一條訊息來，說她和父母出去吃晚餐，已經回到家，還拍下自家落地窗外的景色給他看。

明明今天沒有要求她報平安，詹嘉怡就主動這麼做了，彷彿知道他內心的擔憂。

沒想到在這個時間點，他意外知曉了陸名瑋這號人物。

倘若陸名瑋確實存心想傷害詹嘉怡，而詹嘉怡身上的死亡預兆也是真的，那陸名瑋跟詹嘉怡即將遭遇到的危險，或許真的脫離不了干係。

然而兩天後，郭禾隆在晚間七點接到了另一通陌生電話，徹底顛覆了這個假設。

人來人往的大街上，郭禾隆走向某間商店前的行道樹，一眼就認出獨自站在那裡的高中少年。

接到陸名瑋的電話時，郭禾隆著實大吃一驚，問少年是如何知道他的電話，陸名瑋竟表示是詹嘉怡給他的，郭禾隆原先不信，但少年接下來說的話，讓郭禾隆猶如墜入十里迷霧。

最後，他決定把少年約出來問清楚，對方也同意了。

兩人見面後，郭禾隆隔著兩步距離仔細打量他，少年兩手直直放在身側，看起來毫無威脅性。

「你在電話裡說的事，可以再仔細說明一遍嗎？」郭禾隆開口。

陸名瑋點點頭，聲音低沉溫和，「我認識一個叫陳詩雅的女生，她是嘉怡的好友，之前跟嘉怡交往時，她就已經看我不順眼，後來才發現，她對嘉怡有著異常的執著，為了把嘉怡佔為己有，她動過傷害嘉怡的念頭。我提醒嘉怡很多次，要她別再接近陳詩雅，嘉怡卻不當一回事，依舊跟她友好。就在前陣子，嘉怡跟我說她有了交往的對象，我擔心陳詩雅會因為嫉妒，做出傷害嘉怡的事，所以向嘉怡問了你的電話，私下跟你聯繫，我想請你幫忙勸勸嘉怡，讓她徹底遠離陳詩雅。」

郭禾隆陷入茫然，不明白這究竟是什麼情況。

為什麼陳詩雅跟陸名瑋這兩人會同時互指對方可能對詹嘉怡不利？

少年的話疑點重重，且漏洞百出，郭禾隆沒有馬上相信他，「你向詹嘉怡要我的電話，她就真的告訴你了？」

「對，即使我跟詹嘉怡分手，我們仍然是朋友，會彼此關心。當然，我不是直接向她要，而是藉著聊天打鬧，故意跟她打賭，可能不相信我真的會打給你吧，嘉怡最後同意把你的電話給了我。」

陸名瑋臉不紅氣不喘一口氣說完，那直率的態度，看起來一點也不像在說謊。

「你有證據可以證明陳詩雅真的想傷害詹嘉怡嗎？」郭禾隆看著他的眼睛，繼續試探他是否只是在虛張聲勢。

似是早有準備，少年從口袋掏出手機，快速調出一張照片，然後遞給他。

郭禾隆接過手機，發現那是從某個Instagram翻拍下來的照片，漆黑的照片下有幾行文字。

J終於L分手了，真令人高興。

因為太過喜歡一個人，所以不想讓其他人擁有對方的心情，原來真的存在。

最近我常有一個念頭，如果有一天，我跟J必須分離，那就讓那一天永遠別來。

如果在我消失之前，J先從這世上消失，或許我就不會失去她了。

讀完這些文字，郭禾隆心口發寒，半信半疑問：「難道這是陳詩雅打的話？」

「我高度懷疑是她，這個帳號是我去年發現的，沒有人追蹤，每一張照片也都是黑的，你現在看的這篇，它的發表日期，正好就是我和嘉怡分手的那一天。其他篇的內容，也都跟我們交往發生過的事情吻合，所以我確信這不是巧合。文中的J是嘉怡，L是我，陳詩雅專門在這個帳號裡記錄她的心情，還有她跟嘉怡的事。不過這個帳號，幾個月前就設為不公開，可是還有持續在更新。我有跟嘉怡說這件事，她不認為這是陳詩雅寫的，卻又不要我去向陳詩雅求證，讓我非常不解。」

「你說的都是真的？」

見陸名瑋篤定頷首，郭禾隆也決定不再隱瞞，將陳詩雅前天找他的事全數道出，包括陳詩雅對他的指控。

陸名瑋當場臉色鐵青，氣到笑了出來，他眼底一片怒火，竭力壓抑情緒，咬牙切齒澄清：「我從來沒有傳那種訊息威脅嘉怡，是陳詩雅知道我還喜歡著嘉怡，也有想追回她的念頭，為了不讓我們復合，才捏造這種謊污衊我！」

「那你動手打詹嘉怡的事呢？這也是她污衊你嗎？」

陸名瑋瞬間語塞，他心虛垂首，咬唇坦言，「我承認，我曾經因為情緒失控，失手傷過嘉怡，但我不是故意的，事後我也有向嘉怡道歉，甚至覺得太對不起她，決定跟她分手，直到現在，我依然很後悔對她那麼做，所以我絕不可能說出因為嘉怡該打，我才會打她這樣的話。請你相信我，陳詩雅是個有妄想症的瘋子，絕對不能讓她留在嘉怡身邊！」

郭禾隆思緒混亂，已經無法判斷到底哪個人說的才是實話。想到詹嘉怡目前陷入的危機，他就無法繼續拖延下去。

他嚴肅告訴少年，「坦白說，我沒辦法馬上信任你。如果我現在讓陳詩雅直接跟你對質，你願意嗎？」

陸名瑋停頓了一下，很快點頭，「沒問題，這樣正合我意！」

郭禾隆當場打電話給陳詩雅，把事情告訴了她，陳詩雅起先驚慌，不欲面對陸名瑋，但聽到陸名瑋對她的種種控訴，她改變了心意，答應跟他們一起見面。

＊＊＊

陳詩雅抵達後，陸名瑋再也壓抑不住怒火，大聲向她質問，兩人就這樣當街吵了起來。

「我才沒有要傷害嘉怡，你憑什麼這樣胡說八道？」給人溫吞柔弱形象的陳詩雅，此時展現出強硬的一面。

陸名瑋拿出那張Instagram貼文到她眼前，「就憑這個，這篇內容是妳打的吧？妳文中的J，指的就是嘉怡對不對？既然妳否認想傷害她，那妳現在敢不敢讓我檢查妳的Instagram，證明這不是妳的另一個帳號？如果發現是我誤會，我會立刻跟妳道歉！」

看見那篇 Instagram 貼文，陳詩雅瞳孔瞠大，面色刷白，兩手緊抓著包包，遲遲不肯拿出自己的手機。

陸名瑋得意冷笑，「我說對了吧？這篇文果然是妳打的，妳才是想傷害嘉怡的那個人！」

「不是，我沒有。這是我去年身心狀態不好的時候，所寫出來的日記，只是單純在抒發心情，並不是真的打算這麼做！」

陳詩雅陷入驚慌失措，紅著眼睛向郭禾隆澄清，急得快哭出來。

陸名瑋大吼，「妳少拿這種理由當藉口，妳說只是在抒發心情，不就表示這是妳的內心話？真正對嘉怡有危險念頭的明明是妳，還想栽贓到我身上，說我威脅嘉怡，還想殺了她。陳詩雅，妳真的很噁心！」

「對，我承認我說謊，但那是因為我害怕嘉怡會再被你傷害，我才會這麼做！」

陳詩雅哭了出來，情緒激動，「你敢不敢承認，你曾經因為看見嘉怡跟男生說話，就用三字經辱罵她，還叫她去死？有沒有因為嘉怡沒回你訊息，就直接在學校賞她巴掌、推她去撞牆，看見她臉上流血也不管她，讓她自己去保健室治療？這都是我親眼看見的。」

她全身劇烈顫抖，惡狠狠怒瞪陸名瑋，彷彿在看著不共戴天的仇人，「就算你後來表現出後悔的態度，主動跟嘉怡分手，並得到嘉怡的原諒，我也不會被你騙，因為我太了解你這樣的人。施暴者一輩子都會是施暴者，絕不可能真心反省。只要嘉怡回到你身邊，你就會恢復本性。從你對嘉怡動手的那一刻起，就已經沒資格留在她身邊，更沒資格繼續喜歡她。你戴著假面具關心嘉怡的虛偽模樣，才令我噁心想吐！」

陸名瑋的臉色難看，眼角重重抽動，恍若遭受到巨大打擊，下一秒啞聲吼道：「陳詩雅，妳這個——」

「不要吵了！」

郭禾隆一聲喝斥，讓兩人同時一震，也安靜下來。

陳詩雅淚流滿面，雙眼仍緊緊瞪視著陸名瑋，陸名瑋也眼眶泛紅，兩個人都在顫抖。

郭禾隆深呼吸，沉住氣說：「也許你們兩人真的都很在乎詹嘉怡，也是真心為她著想，但我要提醒你們，這不是可以隨便開玩笑跟加油添醋的事。從現在起，如果真的有人想傷害詹嘉怡，我不會袖手旁觀，聽清楚了嗎？」

他們沒有說話，也沒有再看對方一眼，默默點下頭後，就各自離去。

＊＊＊

週末早上八點，詹嘉怡出現在郭禾隆的家門口。

外頭烏雲密佈，下著大雨，她臉上的笑容卻如陽光般燦爛，一點也沒受到壞天氣的影響。

「哇，你黑眼圈好重喔，發生什麼事？」她眨眨靈動的雙眼。

「沒什麼，昨晚熬夜。」他搖搖頭，沒告訴她這兩天幾乎都沒睡好，「詹嘉怡，我有話——」

她的食指貼在唇上，眼角彎彎，「等會兒再說，你的房間借我一下。」

「房間？為什……」他停頓，驚訝道：「妳要回陰間了嗎？虛無之海有新的亡靈出現了？」

「是呀，但我也有另一件重要的事，需要回去一趟，很快就會回來的。」她輕輕拍他的肩膀，向他保證，「我會很安靜，也不會留下任何痕跡，你就做自己的事就好。但如果你還是很害怕，可以直接離開屋子，不用勉強自己。」

詹嘉怡背著包包進入臥室後，郭禾隆呆立不動，不知如何是好。

他沒有離開屋子，也沒有打開電視舒緩情緒，就只是僵硬坐在客廳，聽著自己巨大的心跳聲，手臂不斷冒起雞皮疙瘩。

詹嘉怡進去後十五分鐘，他就清楚感受到那令他寒毛直豎的死神氣息。

儘管已經做了心理建設，但想到她真的就在自己的臥室裡自殺，郭禾隆還是難以保持平靜，只能一邊焦慮等待，一邊默默祈禱今天的這份回憶，不會在心裡留下陰影。

四十分鐘過去，臥室依舊沒有任何動靜，卻足以讓郭禾隆稍稍鎮定下來，對門後的情況越來越好奇，甚至有了想窺探一眼的念頭。

天人交戰後，他來到房門前，用緊張到冰冷的手小心翼翼轉開門把，輕輕將門推開十公分，從隙縫裡望進去。觀察一分鐘後，他直接輕手輕腳走進去，最後隔著一段距離，看著躺在床上的女孩。

眼前的詹嘉怡，如同初次見到她的時候一樣，看起來只是睡著了。她臉上戴的白色半臉貓面具，讓郭禾隆一眼就認出，那是他之前在店裡親自為她挑選的。

少女的枕邊放著一個沒有標籤的藥瓶。

郭禾隆上前拿起來看，發現藥瓶裡是空的，心裡於是知道，詹嘉怡這次是藉由吞藥讓自己死亡。

拿著藥瓶半晌，郭禾隆沒有離開房間，反而在書桌前坐下，繼續觀察著少女。

詹嘉怡真的會死嗎？

如果那個死亡預兆是真的，該怎麼辦？

她真的還會從陰間回來嗎？

郭禾隆忍不住開始胡思亂想，直到眼皮越來越沉重，思緒漸漸昏沉，就這麼趴在桌上睡著了。

在夢中，郭禾隆看見一名西裝筆挺的年輕男死神站在眼前，並且很快認出他不是第二部門的主管。

對方臉上戴著跟詹嘉怡一模一樣的面具，領部繫的黑色領帶，別著一支精緻美麗的銀色領帶夾，而他宛如月光般的雪亮白髮，深深地吸引住郭禾隆的目光。

即使隔著面具，郭禾隆仍能看出此人容貌俊美，兩隻眼睛的顏色不同，左邊的眼珠是像寶石般的深紫色。

當郭禾隆從這個夢醒來，發現詹嘉怡直挺挺坐在床邊看著他，嚇得差點從椅子上跌下來。

「你睡得好香甜，我不忍心叫醒你。」詹嘉怡彎起她那一雙明亮眼眸，「你怎麼會跑進來？我以為你會怕得離開屋子。」

「我、我也不知道……」郭禾隆思緒紊亂，不敢相信自己在這種情況下居然還能睡得著，他定睛打量她全身，啞聲確認，「妳真的回來了？」

「是呀，我回來了。」她目光不動，語氣溫柔，「你有話想跟我說對不對？現在可以告訴我了。」

郭禾隆呆呆望著她的臉，過了一分鐘，才艱澀道出從她身上看見的死亡預兆，以及陳詩雅跟陸名瑋這兩人的事。

「有沒有可能是我誤會了？妳不一定真的會死吧？」他焦急確認。

詹嘉怡搖搖頭，態度從容冷靜，「既然你看到了，那就不會錯，我的死期確實不遠了。」

得到答案的這一刻，郭禾隆腦袋空白，無法想像自己現在的表情。

「那妳能預知自己的死期嗎？或是，知道自己會如何死去？」

「我無法預知自己的死期，就算我知道自己會如何死去，我也不會告訴你。」

「可是妳不說，不就無法改變命運？」

「你不用試圖改變我的命運。你看見我的死亡預兆，就表示死後會有死神來迎接，這句話的意思是，詹嘉怡的命運從一開始就已經注定，哪怕是死神部長也改變不了。」詹嘉怡唇角輕勾，「這陣子你不斷關心我的安危，讓我猜到這個可能。多虧你，我還能把握時間，為詹嘉怡身邊的人做點什麼。就在剛剛，我已經跟死神副部長談過，他答應會收回你的能力，你很快就不會再看見死神了。」

他的心重重一跳，「這是真的嗎？」

「是呀，所以你能不能看在我們這輩子的緣分上，再答應我兩個願望？」
「什麼願望？」
「替我關心陳詩雅和陸名瑋，他們兩個都是好孩子。陳詩雅從前目睹姊姊遭到丈夫虐待死去，罹患嚴重心病，對施暴者深惡痛絕；陸名瑋從小則是在父親的暴力陰影下成長，導致他也會用同樣的方式抒發情緒。要是有個可靠善良的人在身邊引導他們、關懷他們，我相信他們會越來越好的，我希望你就是那個人，也希望你們能變成朋友。」
郭禾隆愣住，陷入沉思。
雖然陳詩雅跟陸名瑋確實都有令他無法接受的偏激行為，但郭禾隆也認為他們的本性其實並不壞，至少他能感覺出他們是真心在乎詹嘉怡，想從對方手中保護她。
郭禾隆心中五味雜陳，沒有當場答應她，最後問：「另一個願望是什麼？」

「教我摺紙蓮花。還有，我離開後，請你也送我一朵白色的紙蓮花。」

他驀地說不出話，胸口彷彿有什麼在翻騰著，眼角不由自主微微抽動。

「妳為什麼想學摺紙蓮花？」

詹嘉怡笑了一下，拿起放在床邊的紫色背包，拿出一包金平糖交到他手中，接著重新戴上那副貓面具，問他：「郭禾隆，你知道我為什麼喜歡戴貓面具嗎？因為貓是我第一世的母親，最喜歡的動物。上次有跟你提過的，知道我真實身分的那位伴侶，他很擅長製作各式各樣的面具；然後金平糖，是我第九世的女兒，最喜歡吃的糖果。」

聽到這裡，郭禾隆明白她要說什麼了，「妳是用這樣的方式，懷念每一世所認識的人？」

「對，而在今世，我特別珍惜與你的這段緣分，所以想要帶著這份記憶到下一世。等你也離開了人世，我依然會繼續記得你，將你的紙蓮花永遠傳承下去。」

郭禾隆怔怔望著她許久，慢慢捏緊了手中的金平糖。

「我還是很難想像……妳真的可以這樣一次次地轉生下去。人類對妳來說，真的有好到讓妳寧可不斷承受肉體上的痛苦，也要繼續堅持下去？妳真的從來都不覺得後悔或厭膩？」

「呵呵，不會，因為人類真的很棒嘛，可以不斷創造出各種偉大奇蹟的人，就只有你們了。如果不是部長，我也不會遇見人類，然後愛上人類……啊，我還沒有告訴你，我為什麼會想為了部長，成立死神第三部門吧？今天就全告訴你吧。」

後來，他們回到客廳，一起靠著沙發坐在地板上，聽少女說起死神界許久以前的故事。

郭禾隆這才終於知道，詹嘉怡真的也有死神的名字，叫做穆乙。而死神部長跟副部長分別叫森末跟斯菸。

＊＊＊

死神界每千年會出現一名以嬰孩樣貌誕生的死神，穆乙便是那名死神。

森末上任的那一年，穆乙十四歲，森末相當照顧他，沒打算讓他接觸陽間的工作，僅讓他在身邊協助辦公，以及把虛無之海交由他管理。

一開始，看見那些漂到虛無之海的人類亡靈，穆乙會立刻將他們交給審判界，但是後來，他開始喜歡跟那些人類亡靈說話，甚至變得捨不得讓他們去審判界。

發現穆乙對人類產生濃厚興趣，疼愛穆乙的森末，禁不住他的再三請求，同意讓他去到陽間執行任務，然而已到時間，穆乙卻遲遲沒有回來。

當森末跟斯蒸找到了穆乙，才發現他被人類視為邪靈，遭到處刑，被大火燒成灰燼，幸好他的靈體還存在，十一天後得以再重返陰間。

首次發生人類殺害死神的事，沒有讓穆乙就此對人類失去興趣，卻讓森未再也無法信任人類，對人類深惡痛絕。十幾年之後，對人類的喜愛不減反增的穆乙，決定將自己的靈能賦予人類，成立死神第三部門，並且轉生成人類，到陽間生活。

聽到這裡的郭禾隆，疑惑地皺起了眉頭，「這哪裡算是為死神部長著想？妳根本就是在他的傷口上灑鹽啊！」他不禁同情起死神部長。

她笑了起來，「副部長也是這麼說，但我成立死神第三部門，主要是想讓部長知道，不是所有的人類都這麼壞，其實部長他心裡也很明白，只是他被我的事傷得太深了，我才想幫他走出這份陰影。我們部長看起來冷酷無情，但其實他是死神界裡最仁慈，最有感情的死神。就算他討厭死神第三部門的一切，卻依舊會給那些人類亡靈機會，讓他們重新選擇自己的人生。他厭惡人類卑劣醜惡的一面，卻也會為人類良善美好的一面而動容。如果他沒有被人類打動，也不會允許人類死神在他的身邊工作。」

「有人類死神在死神部長身邊工作？」郭禾隆意外。

「有的，那位死神你也見過。你四歲時，不是曾經在路邊遇到金領帶的少年死神？我說的就是他，他叫 Maya，他其實也是人類喔。因為一些原因，他曾經當過第一部門的死神，部長很中意他，他跟在部長身邊十幾年，最後選擇投胎轉世，兩人感情甚篤，像是父子一樣。」

回想起記憶中的那位笑容溫暖，待他親切友善的少年死神，郭禾隆過了一會兒才回神。

「那位 Maya 死神，沒有想過永遠留在部長身邊嗎？」

「對 Maya 來說，部長是他重要的恩人，但是 Maya 也知道，人類死神與真正的死神終究是不同的。任何人類都會隨著時間而改變，我想 Maya 是清楚這一點，才會在他認為最適當的時機，跟部長道別。他是個善良貼心的好孩子，才能真正走進部長的內心，帶給他安慰。如果我沒有讓人類死神誕生，部長就不會遇見他，你說對不對？」

郭禾隆沒有回答，但他的心裡也已經能認同她的想法。

「Maya死神離開後，部長不會寂寞嗎？」

「會呀，不過他跟Maya有約好再相逢。部長是說到做到的人，答應Maya的事，他是不會忘記的。」

「他們要怎麼再相逢？Maya不是已經轉世了嗎？」

「你認為呢？」她笑得意味深長。

郭禾隆看著她的臉，不久心中一凜，心裡有了一個答案。

接著，他的目光停在詹嘉怡眼珠顏色較淺的左眼，冷不防憶起方才出現在他夢裡，左邊眼睛是紫色的神秘男性死神，他懷疑那就是詹嘉怡變成死神的樣貌。

向詹嘉怡確認後，她爽快承認，「對，那是我原本的樣子。我是因為跟審判界部長訂下契約，才會有一隻眼睛是紫色的。你可以清楚看見我，代表你的靈能真的增強很多，但這樣對你更不好，會比以前更嚴重影響你的生活，等到副部長收回你的靈能，你就會忘記這些，回歸普通人的生活了。」

「妳說忘記……是指忘記哪些事？」他微微瞠目。

「我不確定，你的靈能是副部長賜予的，當他全收了回去，必然會帶給你一些影響，但最終還是要看副部長的決定。這些日子，你因為副部長吃了不少苦，我替他向你道歉。」詹嘉怡真摯說道。

郭禾隆看她一眼，久久一語不發。外頭的大雨不知何時已然停歇，陽光從窗外灑進，照在兩人的雙腳上。

「剩下的時間，妳打算做什麼？」他費了一番工夫才能問出這句話。

「沒有要做什麼，就跟平常一樣。詹嘉怡這個人想說的，想做的，都已經在今天完成，所以我沒有遺憾。不過，想到今天可能就是我的最後一天，就還想再多陪陪你，多看你幾眼。」她語氣溫柔。

郭禾隆闔上眼睛，再睜開時，喉嚨同時湧上苦澀跟酸楚。

「妳說過，當妳再次轉生，就算在路上遇到了我，也不能來找我，對不對？」

「對。」

「那麼妳離開後，我送紙蓮花給妳，妳真的會收到嗎？」

「當然會，你為什麼這麼問？難道你打算在紙蓮花上留什麼訊息給我？是告白嗎？」她笑咪咪猜測。

「不是，等妳真的收到了，自然就會知道。」他啞聲回應。

「好，我會期待的。」詹嘉怡神色喜悅，將頭輕靠在他的肩膀上，「郭禾隆，這一世謝謝你，我很喜歡你。不管是下輩子，還是下下輩子，我都會記得你的。」

詹嘉怡主動牽起他的手，女孩掌心的溫暖，直接傳遞到郭禾隆的心中。

郭禾隆一直沒有掙開她的手。

＊＊＊

一個月後，一個下著毛毛細雨的日子。

郭禾隆撐傘站在詹嘉怡住家的大樓前。

女孩握著他的手，向他道別的三天後，在學校上課的郭禾隆，發現陸名瑋竟打了電話過來，不顧台上老師還在講課，他抓起手機衝出教室，用顫抖的手接聽，話筒彼端就傳來少年的哭泣聲。

那一天，詹嘉怡放學後和幾個同學相約去逛街，在擁擠的火車月台上等車時，突然有人在火車進站之際，從背後重重推了詹嘉怡一下，身旁的同學完全來不及拉住她，這麼目睹詹嘉怡摔落到鐵軌上。

下手的犯人當場就被警方抓到，是一名二十八歲的男子，曾經在詹嘉怡家附近的超市工作，他注意詹嘉怡已久，離職後經常暗中觀察她的行蹤。郭禾隆於是恍然大悟，之前跟詹嘉怡在一起，他時不時感受到的冰冷視線，極可能就是來自這個男人。

男子在車站對詹嘉怡下手後，還站在原地不斷喃喃自語，看似精神不正常，連在偵訊時，也一樣神態恍惚，說話顛三倒四，吐不出一句完整的話語，難以確定他殺害詹嘉怡究竟是臨時起意，還有早有預謀。

即使已有心理準備，郭禾隆卻還是沒想到，詹嘉怡竟會是以這樣的方式離開。

得知詹嘉怡死訊的那個晚上，他夢見了紅領帶的死神。

在夢裡，他看見對方又向他伸出了一雙手。

彷彿意識到對方即將對自己做什麼，郭禾隆心中驚慌，這次拚命張開了嘴，朝那人用力吶喊著，最後他在一片冷汗中睜開眼睛，喉嚨又乾又痛，發不出半點聲音，耳邊不斷聽見來自胸口的巨大心跳聲，以及自己的喘息聲。

此刻，他來到詹嘉怡生前的住所，不久聽見一名男子呼喚他。

迎面而來的這名年輕男人，與詹嘉怡有著相似的眉眼，他揚起優雅溫和的微笑，「我正要去櫃檯領信件，順便等你，就看見你提前到了。謝謝你來。」

昨天晚上，郭禾隆接到一通陌生的電話，對方竟是詹嘉怡的哥哥，詹嘉御。他表示有樣東西想親手交給他，但這陣子忙於處理妹妹的後事，以及其他雜事，直到現在才有時間聯繫他。

郭禾隆艱澀回：「不用客氣。請問……你的父母還好嗎？」

詹嘉御苦笑坦言，「不是很好，在我爸媽回台的這段時間，發生這樣的事，他們受到很大的打擊。嘉怡的後事處理完後，他們就會離開台灣，應該會就此長居國外。」

「這間房子以後沒有人住了？」

「不，等我明年完成在日本的學業，就會回台工作，所以我會繼續住在這裡。」詹嘉御接著將一份裝著一只盒子的提袋給他，「這是我整理我妹的東西時，發現她擺在書桌上的，我看了內容，最後覺得應該要交給你。」

接過那只提袋，郭禾隆便動也不動低頭看著，一度語塞。

「還有一件事。」詹嘉御停頓了一下。

接著，他繼續說下去：「嘉怡出事的前幾天，我們通過電話。她告訴我，為了讓我爸媽放心，才騙他們二位你們在交往。嘉怡還說，你是她很重要的朋友，希望我跟你也能成為朋友。」

得知詹嘉怡說了這樣的話，郭禾隆愕然迎上他的目光，再度無言以對。

他忽然有點生氣，卻又覺得有些好笑，一點也不意外詹嘉怡會這麼做。

彷彿猜到他的心情，詹嘉御莞爾，「你大概會覺得莫名其妙，不過，嘉怡跟我從小感情就好，我沒有拒絕過她任何事，這次也是一樣。我想實現她的心願，也想感謝你這段日子對她的照顧。倘若你不介意，我回日本之前，請你吃頓飯，跟你聊聊嘉怡，可以嗎？」

詹嘉御的友善親切打動了他，郭禾隆最後點頭答應。

離開詹嘉怡的家後，郭禾隆獨自去到跟詹嘉怡一起去過的那間電影院。

看完一場電影，他再到兩人光顧兩次的那間餐館。

即使沒有食慾，郭禾隆還是點了一碗牛肉麵，吃下幾口，覺得索然無味，便放下餐具，靜靜看著掛在窗外的紅色燈籠發呆。

詹嘉怡離開後，郭禾隆再也沒有見過死神。

最近每日都去電影院的他，沒有一次在那裡感應到死神的氣息。

當目光落到詹嘉御給的袋子，他這才有勇氣拿出放在裡面的盒子，將盒蓋打開。

裡面裝著三樣物品。

一朵詹嘉怡親手摺的紫色紙蓮花，一幀被精緻相框裱框起來的照片、以及一包金平糖。

郭禾隆拿起那幅照片，目不轉睛凝視照片裡笑容燦爛的女孩。

那是詹嘉怡上次在家裡硬拉著他拍下的合照，郭禾隆沒想到她會把這張照片洗出來，如此細心地珍藏著。

看著這些物品，郭禾隆不禁想，這應該是詹嘉怡留給他的禮物。

過了許久，他拿起那包金平糖，將兩顆色澤鮮豔的金平糖放入口中。

「郭禾隆，這一世謝謝你，我很喜歡你。」

「不管是下輩子，還是下下輩子，我都會記得你的。」

甜甜的滋味在口腔擴散，他的舌尖同時嚐到一絲苦澀的鹹。

郭禾隆的臉上不知不覺佈滿淚水，即使看不清眼前的事物，女孩的笑容在他的腦海裡仍鮮明如昨。

郭禾隆無法辨明自己此刻為何而哭，只是在看見女孩的笑顏之後，那些充斥在他胸口已久的情緒，便如洪水般徹底淹沒他的心，一發不可收拾，久久不能自已。

詹嘉怡離開後，有天郭禾隆主動打電話給陸名瑋，約少年見面聊聊。

隔天，郭禾隆也聯繫了陳詩雅，與她通了整整兩個小時的電話。

從此之後，郭禾隆經常和這對少年少女見面，在他們最悲慟脆弱的這段時刻，給予他們關心和陪伴，同時積極為雙方牽起橋樑，解開他們的心結，終於讓兩人有握手言和的一天。

或許是因為二人都有相同的傷痛，加上被郭禾隆的誠意打動，之後的半年，陳詩雅和陸名瑋從互相仇視，到漸漸放下對彼此的成見，願意誠實向對方表達自己的心聲。到最後，他們建立一個三人群組，當陳詩雅跟陸名瑋成為了大學生，三人也持續保持聯絡。

陸名瑋：隆哥，你週六有空嗎？我原本跟朋友要去看演唱會，但他臨時有事不能去。是我之前推薦給你的那位日本歌手，我想找你一塊去。

郭禾隆：抱歉，這週六不行，我要跟詹嘉怡的哥哥去看球賽。你有問詩雅嗎？

陸名瑋：這不用問她，嘉怡以前說過，陳詩雅只對韓國歐巴有興趣。
陳詩雅：這是嘉怡說的？我沒有啊！
陸名瑋：是嗎？那妳有興趣去看演唱會嗎？
陳詩雅：呃，那天我也沒辦法，我喜歡很久的韓國演員剛好來台宣傳電影，我要去參加他的見面會。
陸名瑋：哈哈哈哈哈。
陳詩雅：你笑什麼笑？很煩耶！

當他們已經能笑著談論詹嘉怡，郭禾隆有時會有些恍惚。覺得與詹嘉怡的那段回憶，變得似近似遠，不切真實。想到詹嘉怡可能已經以另一個人的身分，存在於在這個世界，他就感覺心中的那份悲傷少了一些。因為很有可能，她就在身邊看著他們也說不定。

無論詹嘉怡此刻是誰，身在何處，郭禾隆都相信她已經收到他最後的心願，也相信她會為他實現。

只要他沒有忘記這名來自死神第三部門的死神，他就會帶著這份期盼走下去。

期盼兩人重逢的那一天。

尾聲

穆乙獨自站在夜晚的無人高樓，用他那對清澈的異色眼眸，眺望著滿天的星斗，沁涼微風不斷吹起他如月光般的雪白髮絲。

一名戴著紅色貓臉面具的死神，來到他的身邊，穆乙扭頭看對方一眼，笑了起來，「副部長是真心喜歡上這副面具了啊。」

摘下郭禾隆挑選出的那副面具，斯棻露出一張精緻立體的五官，用他那對褐色眼瞳，跟他一起抬頭仰望那片星辰，悠悠開口：「我以為你會像之前一樣很快轉生成人類，這次怎麼留下來這麼久？」

「因為我在等那孩子的禮物，就在今天收到了。」穆乙回答，低頭看著躺在右掌心上的一朵紙蓮花。

詹嘉怡離世的第七天，郭禾隆遵守約定，送她一朵白色蓮花，還在底座處寫了一句話給她。

我死去的那一天，我希望是妳來接我。

「這跟Maya對部長的請求，是一樣的吧？你答應了？」斯菸問。

「是的，我答應了。只不過，我們還有一段時間才會見面，因為郭禾隆這孩子會長命百歲。」穆乙唇角笑意不減，接著看他，「您真的有抹去他的記憶嗎？」

「我只讓他忘記我們的名字，畢竟從未有人類對我提出那樣的要求，加上多虧了他，我終於不用再看到你之前戴的那副面具，要是再讓我看見那個噁心的顏色，真的會受不了。基於這個理由，我決定答應他的要求。」

詹嘉怡離世的那晚，斯蒸也應穆乙的請求，準備收回郭禾隆身上的靈能，卻聽見郭禾隆對他喊出了那句話——

我發誓會保密一生，請您別讓我忘記這一切！

「他果然是個好孩子。」穆乙眼底一片溫柔笑意，低頭輕吻上那朵紙蓮花，「謝謝副部長的成全，如果您當初沒那麼做，我就不會遇見這麼好的一個孩子了。您將您的靈能賜予他，使得他連喜好都被您所影響，下意識會選擇紅色的東西，由他來挑選您會滿意的面具，我認為再正確不過。但我還是不明白，您為何會決定將靈能賜予給那孩子？」

斯蒸默然半晌，「因為你。」

「我？為什麼？」

「當年收到那孩子的報告書，原本打算在接走他奶奶的那天，同時取走他的能力，然而我卻打消了這個念頭，還將我的靈能賜給他，除了被你影響，不會有別的原因。」

斯菸輕輕哂笑，「自從你讓死神第三部門誕生，死神界就開始變得有趣，連冷冰冰的森未部長，也因為人類死神而有了改變，Maya 就是最好的證明。要是能繼續看見那樣的部長，我覺得讓人類死神存在，也是一件不錯的事。話說回來，既然我答應取回郭禾隆的能力，並讓他記得你，你也要向部長保密我違規的事。要是他認為我被你『教壞』，今後我的耳根子就不得清淨了。」

「呵呵，沒問題。」穆乙頷首應允。

「說到這個，我也有一件事不明白，安排郭禾隆與紫蓮死神見面的人，到底是你，還是 Maya？」斯菸提問。

「嚴格來說，是森未部長，這可以說是另一個奇蹟了。」穆乙嘴角翹起，娓娓道來：「之前紫蓮死神為了不讓 Maya 跟部長遭到誤解，對第三部門的大家隱瞞 Maya 是人類的事實，Maya 也將此事告訴森未部長。當時 Maya 已經快要離開死神界，他拜託部長，等到紫蓮死神恢復生前記憶，或是決定離開死神界，就讓她見到送她紫蓮花的人，部長同意了。後來，發生翡翠死神殺害人類的事，因為Maya，部長才沒有消滅紫蓮死神，僅讓她恢復生前記憶。以部長的個性，他想必是藉此來測試紫蓮死神，如果她也決定殺害人類，就會失去見到郭禾隆的資格。當部長認為紫蓮死神通過考驗，便以Maya的名義，傳達命令給水言死神，讓紫蓮死神順利跟郭禾隆見面。」

斯蒸毫不意外地點點頭，「的確很像部長會做的事，但你一開始真的完全不知道郭禾隆跟紫蓮死神的關係嗎？」

「對，我不知道。當初我聽郭禾隆說起紫蓮死神，還有他自己的故事，並發現他身上有您的靈能，我覺得很有趣，決定回來調查，結果發現郭禾隆跟紫蓮死神之間的奇妙緣分，還同時收到水言死神的請願書。這麼多不可思議的驚人巧合，不就證明紫蓮死神是個相當有福報的人？奇蹟已經發生了，若我還不出手，就太不應該了。」

「所以你才讓謝紹文記得紫蓮死神？藉此使她放下復仇之心？」

「是啊。雖然我跟Maya出手幫忙，成功讓紫蓮死神放下仇恨，獲得重生，但若沒有森未部長最初的手下留情，這些都不會發生，所以真正拯救紫蓮死神的人，其實是部長。如果Maya在這裡，他也一定會這麼說。當然，副部長也有一份功勞，您將靈能賜予郭禾隆，讓郭禾隆間接幫助到紫蓮死神，我替她謝謝您。」

斯蒸挑眉，故意環顧周遭，確認沒有第三人在，「你真要謝謝我，就別再提這件事，我真的很怕被部長制裁。」

「您是森未部長最親愛的夥伴，他不會忍心這麼做的。」穆乙莞爾。

「唉，說到底，部長做的這一切，還是為了Maya，看來他是真的很思念他，不如你再找個少年死神到他身邊吧？」斯蒸隨口提議。

「萬萬不可，我曾跟部長開這個玩笑，他立刻露出要把我燒成灰的表情。部長是個死心踏地的人，Maya在他心中的地位，沒有其他人類可以取代。」

「也是，Maya還在時，部長總抱怨他愛嘮叨，但你我都看得出來，他們很珍惜彼此。人心是會變的，大概是不希望有天傷到部長，讓部長對自己失望，Maya才會做出離開他的決定，這點讓我很欽佩。」斯菸緩聲說。

「是啊，Maya是讓人驕傲的孩子，他的這份心意，部長一定也明白。」穆乙昂首不動，將那片星海收進眼底，「部長回辦公室了嗎？」

「他開了整天的會，應該回來了，怎麼了？」

「轉生之前，我再去趟部長室吧，忽然想念起我們部長的臉。」

穆乙眼角彎彎道。

＊＊＊

這裡是死神部長辦公室。

從漫長的公務抬起頭，森未輕輕從窗邊望出去，一整片的璀璨星空，映進他那對深邃的灰色瞳眸裡。

「森未部長，外面星空很美，您要一起來看嗎？」

陪伴過他一段時光的少年死神，曾經站在那裡，露出燦爛的笑容對他說。

無論季節如何更迭，又流逝多少的歲月，唯有這樣的景色，自始至終不曾變過。

當他闔上眼睛，接著再張開，眼前的景色，就全然變了模樣。

此刻的他，人站在醫院的一間病房裡。

一名眉眼慈祥，白髮蒼蒼的老人，安詳地躺在病床上，身邊圍繞著許多要送他最後一程的親人。

老人的床邊，放著一把黑色的二胡。

森未來到床前，目光停留在老人臉上，張口呼喚：「梁芳音先生，時辰已到，請隨我行。」

老人的白色靈魂來到他的面前。

一見到森未，老人眼底沒有絲毫恐懼，只有一抹十分溫柔的情感。

「請問您是？」

「我是來迎接你的死神，我叫森未。」

老人眼角淚光閃爍，「請問，我們是否曾見過？為何一看到您，我就有一種非常懷念，彷彿思念您已久的心情？莫非很久以前，我就認識您了？」

森未平靜深沉的灰色眼眸，透出柔和的光芒，「是的，上輩子你說過，希望無數個明天過去，我們就能重逢，今日就是最後一個明天，所以我來履行跟你的約定。」

老人深深笑了起來。

無論季節如何更迭，又流逝多少的歲月，只有想再見到彼此的心，自始至終沒有改變。

走過無數個明天，他們終於能再看見同一片星空。

（全書完）

後記

很高興終於帶著續集跟大家見面了。

在前一部《死神第三部門：追憶》的後記中，有跟大家提到第二部會有穆乙的故事，實際寫下去之後，卻覺得好像怎麼寫都寫不夠。

對我來說，這是讓我越寫越捨不得完結的故事，感覺還有很多的故事可以說，但最後還是決定在這裡告一個段落，後面的故事，就讓他們在我腦海中繼續徜徉。

在上一部中，Maya跟森未這兩個角色受到不少讀者的喜愛，包括我自己也很喜歡他們，因此決定讓他們在第二部繼續登場。在構思第二部時，我就已經決定結尾會是森未部長迎接Maya的時刻，那一幕我自己看了很感動，希望你們也是。

死神第三部門的靈魂人物，非穆乙莫屬，他也是讀者們最喜歡的角色。這一次讓他以人類的身分，與人類展開全新的故事，在劇情的編排上是個挑戰，為了讓沒看過第一部的讀者能順利進入劇情，因而決定加入紫蓮的故事，讓讀者們可以從不同的角度，去探討死神第三部門存在的意義。

在這次的故事裡，我很喜歡水言對紫蓮說的，能夠改寫自己真正的人生結局，是第三部門死神才有的機會。人類會困住自己，卻也能突破自己。很多時候，得到重生或終結，全在自己的一念之間，寫出這個故事時，我也忍不住會跟著審視自己，若能夠陪著這些角色一同成長，也是件值得開心的事。

而我另一個喜歡的情節，就是郭禾隆希望自己離開這個世界時，會是詹嘉怡親自接走他，呼應森未部長跟Maya在上一部結尾的約定。

等到無數個明天過去，兩人將再次相聚，當編輯決定將這一部的主題訂為〈明天〉，我真心覺得很合適。

謝謝大家陪伴我走完這段奇幻旅程。

《死神第三部門》是讓我印象深刻的故事，我很高興可以寫出穆乙這個角色，在我筆下的各種角色裡，他絕對是會讓我念念不忘的存在。

謝謝編輯小世，謝謝悅知文化，更謝謝一路支持我的小平凡。

期待很快就會帶著全新的故事跟你們見面。

晨羽

明天【死神第3部門II】

作　　者　晨羽

責任編輯　鄭世佳 Josephine Cheng
責任行銷　鄧雅云 Elsa Deng
封面裝幀　木木LIN
封面繪圖　渣子 JAZ
版面構成　黃靖芳 Jing Huang
校　　對　許芳菁 Carolyn Hsu

發 行 人　林隆奮 Frank Lin
社　　長　蘇國林 Green Su

總 編 輯　葉怡慧 Carol Yeh
主　　編　鄭世佳 Josephine Cheng
行銷主任　朱韻淑 Vina Ju
業務處長　吳宗庭 Tim Wu
業務主任　蘇倍生 Benson Su
業務專員　鍾依娟 Irina Chung
業務秘書　陳曉琪 Angel Chen
　　　　　莊皓雯 Gia Chuang

發行公司　精誠資訊股份有限公司
　　　　　悅知文化
地　　址　105台北市松山區復興北路99號12樓
專　　線　(02) 2719-8811
傳　　真　(02) 2719-7980
網　　址　http : //www.delightpress.com.tw
客服信箱　cs@delightpress.com.tw
ＩＳＢＮ　978-986-510-261-6
建議售價　新台幣３４０元
首版一刷　２０２２年12月

國家圖書館出版品預行編目資料

明天：死神第3部門2／晨羽著. -- 初版. -- 臺北市：精誠資訊股份有限公司,2022.12
256面；12.8×19公分
ISBN 978-986-510-261-6 (平裝)

863.57　　111020288

建議分類｜華文創作、小說